Frank Stieper

1000 Gefahren

Angriff der Roboterspinnen

In der Reihe „1000 Gefahren“ sind erschienen:

RTB 52316 · Edward Packard
1000 Gefahren im Strafraum

RTB 52339 · Vince Lahey
Der Fluss der 1000 Gefahren

RTB 52340 · Edward Packard
Die Insel der 1000 Gefahren

RTB 52341 · R. A. Montgomery
Die Schatzsuche der 1000 Gefahren

RTB 52342 · R. A. Montgomery
1000 Gefahren auf eisigen Gletschern

RTB 52343 · Edward Packard
1000 Gefahren zur Geisterstunde

RTB 52344 · R. A. Montgomery
Der Urwald der 1000 Gefahren

RTB 52345 · Fabian Lenk
Das Meer der 1000 Gefahren

RTB 52346 · Fabian Lenk
Die Pyramide der 1000 Gefahren

RTB 52360 · Fabian Lenk
Die Burg der 1000 Gefahren

RTB 52361 · Fabian Lenk
Das Fußballspiel der 1000 Gefahren

RTB 52362 · Fabian Lenk
Der Tempel der 1000 Gefahren

RTB 52363 · Fabian Lenk
Die Wüste der 1000 Gefahren

RTB 52364 · R. A. Montgomery
1000 Gefahren im ewigen Eis

RTB 52365 · R. A. Montgomery
1000 Gefahren auf der Suche
nach Atlantis

RTB 52366 · Edward Packard
1000 Gefahren im Weltall

RTB 52367 · Edward Packard
1000 Gefahren unter Vampiren

RTB 52369 · Edward Packard
1000 Gefahren im Auge
des Hurrikans

RTB 52381 · Fabian Lenk
Der Berg der 1000 Gefahren

RTB 52382 · R. A. Montgomery
Das Verlies der 1000 Gefahren

RTB 52383 · Laban Carrick Hill
Die Maske der 1000 Gefahren

RTB 52385 · Frank Stieper
Das U-Boot der 1000 Gefahren

RTB 52396 · Fabian Lenk
1000 Gefahren auf dem Piratenschiff

RTB 52407 · Fabian Lenk
1000 Gefahren im Gruselschloss

RTB 52408 · Frank Stieper
1000 Gefahren –
Angriff der Roboterspinnen

Frank Stieper

1000 GEFAHREN
DU ENTSCHEIDEST SELBST!

1000 Gefahren
Angriff der Robotersspinnen

Mit Illustrationen von Michael Pleesz

Ravensburger Buchverlag

Als Ravensburger Taschenbuch
Band 52408
erschienen 2009

Die Erstausgabe erschien 2008
beim Ravensburger Buchverlag
unter dem Titel
„Der LAN-Clan – Robospider“

Umschlaggestaltung: Dirk Lieb
unter Verwendung einer Illustration
von Stefani Kampmann

Printed in Germany

1 2 3 4 5 13 12 11 10 09

ISBN 978-3-473-52408-2

www.ravensburger.de

Inhalt

24. Oktober 2017, 17:14 Uhr,
BERLIN – KOLLHOFF-TOWER

Ungeduldig zwängst du dich durch die gläserne Drehtür. Endlich bist du im Trockenen. Tropfend stehst du mitten in der Eingangshalle des *Kollhoff-Towers* und schnappst nach Luft.

Aber nicht der stürmische Herbstwind und der fiese Nieselregen haben dich hierhergetrieben. Silent und Tec haben dir vor nicht mal zehn Minuten eine verschlüsselte Nachricht über eure abhörsichere Funkverbindung gesendet.

Du nimmst die Kapuze ab und ziehst den Reißverschluss deiner Regenjacke herunter. Ein *Pling!* ertönt. Du hast Glück, der Fahrstuhl ist gerade angekommen. Du wartest, bis die Leute ausgestiegen sind, dann huschst du rein und mit dir eine Mutter mit Kind. Immer wieder drückst du auf den Knopf mit der 23 und hörst erst auf, als du den strafenden Blick der Frau bemerkst. Die Schiebetür rauscht zu, sanft setzt sich die Kabine in Bewegung. Keine Sekunde lässt du die Leuchtanzeige aus den Augen. Mach schon, denkst du, obwohl dir klar ist, dass du bereits mit dem schnellsten Aufzug Europas fährst.

Auf der dreiundzwanzigsten Etage gibt es eine Aussichtsplattform für Besucher. Aber dein wahres Ziel ist der Wartungsraum für den Aufzug. Der liegt eine Etage darüber. Genau da haben Silent, Tec und du euren Unterschlupf eingerichtet. Denn niemand darf je erfahren, dass ihr noch Kinder seid. Absolut sicherer Ort. Die Fahrstuhlmotoren werden nur zweimal im Jahr gewartet. In der Zwischenzeit lässt sich da oben keine Menschenseele blicken. Das ideale Versteck für euren geheimen LAN-Clan.

Die 23 leuchtet auf. Die Kabine bremst ab. *Pling!* Du steigst aus und drängelst dich an einer Menschentraube vorbei. Du wartest einen Moment, bis sich die Aufzugtüren geschlossen haben und die Mutter mit dem Kind außer Sichtweite ist. Dann erst schlenderst du los. Direkt auf eine Tür zu, auf der „Nur für Wartungspersonal“ steht. Ein kurzer Blick nach beiden Seiten, dann ein Griff zur Türklinke und im Bruchteil einer Sekunde bist du hinter der Tür verschwunden. Eilig sprintest du zwei schmale Treppen hoch und landest vor einer grauen Stahltür mit Zahlenschloss. Du tippst einen geheimen Zugangscode ein. *Klick!* Und wie von Geisterhand geöffnet, schwingt die schwere Tür auf. Drinnen ist es finster. Das einzige Licht stammt von den beiden Notebooks und den Lämpchen, die auf die Tastaturen leuchten.

„Hi!“, rufst du in den Raum.

Doch Silent und Tec sind schwer beschäftigt. Sie nehmen kaum Notiz von dir.

Du ziehst deine nasse Regenjacke aus und hängst sie über deinen Stuhl. Dein Notebook, das du wettergeschützt vor deinem Bauch verschnürt hast, legst du an deinen Platz und schaltest es ein. Automatisch verbindet sich dein Computer über Funk mit dem Netzwerk deiner beiden Freunde.

Tec sieht es auf seinem Bildschirm und begrüßt dich lächelnd. Er verabschiedet sich am *Headset* und rollt mit seinem Stuhl zu dir rüber. „Toll, dass du so schnell hergekommen bist. Wir haben einen brandneuen Auftrag. Die Stadt Berlin hat heftigen Stress. Scheint eine brenzlige Sache zu werden. Der Bürgermeister war ziemlich durcheinander. Hättest du hören sollen.“

„Hab ich das vorhin richtig verstanden? Irgendwelche Roboter haben sich einfach selbstständig gemacht?“, hakst du ungläubig nach.

Tec plustert die Wangen auf und nickt stumm. Er beugt sich über dein Notebook und tippt auf ein paar Tasten rum. Ein Foto erscheint. „So sieht das Labor jetzt aus“, erklärt er. „Zwei Studenten haben da bis gestern noch an den Dingern gewerkelt. Sie wollten übernächsten Samstag am Roboter-Wettbewerb im Sony-Center teilnehmen. Die beiden haben eine Webcam aufgestellt. Hab das Foto von ihrer Internetseite runtergeladen. Ist einen Tag alt.“ Tec zeigt auf den Bildschirm. „Das Labor befindet sich in der Technischen Universität. Kein Mensch traut sich da mehr rein.“

„Warum ist es so verwüstet?“, willst du wissen.

Tec zuckt mit den Achseln. „Keine Ahnung. Ich weiß nur, dass die beiden Studenten in letzter Sekunde entkommen konnten.

Die Dinger müssen ziemlich klug sein. Hab mir mal im Internet die Teilnahmebedingungen für den Wettbewerb angesehen. Die Roboter müssen schwierige Aufgaben lösen. Elektronische Geräte nach Plan zusammenbauen, viele außergewöhnliche Gefahrensituationen meistern und daraus lernen und sogar medizinische Operationen an Menschenmodellen durchführen.“

Das verschlägt dir die Sprache. Du wagst dir kaum vorzustellen, was dich unter diesen Voraussetzungen erwartet. „Das heißt also, wir sollen da rein und die Roboter abschalten."

Silent gesellt sich zu euch und begrüßt dich mit einem kurzen Hallo. „Nein", antwortet sie, „noch schlimmer. Die Roboter sind verschwunden."

„Verstehe. Dann sollen wir sie also einfangen. Und wie sehen die Teile aus?"

Tec wirft Silent einen Blick zu, ehe er mit der Sprache rausrückt: „Warte, hab ein Bild im Rechner."

Als das Bild auf deinem Notebook erscheint, läuft dir ein kalter Schauer über den Rücken. „Eine Spinne?", stößt du angeekelt hervor. „Können die sich kein anderes Tier ausdenken?"

„Spinnen sind mit ihren acht langen Beinen schnell und wendig", erklärt Silent. „Sie können Wände raufklettern und kopfüber unter der Zimmerdecke entlangkrabbeln. Darüber hinaus entwickeln sie trickreiche Strategien, um zu überleben. Eine gute Wahl für einen Roboter, finde ich."

„Und wie groß sind die Dinger?"

Silent wickelt ein Kaugummi aus. „Fast so groß wie ein Fußball."

Du atmest kräftig durch. „Na schön. Und wie wollen wir vorgehen?"

Silent macht es sich wieder am Boden vor ihrem

Notebook gemütlich. „Du musst in dieses Labor in der Uni. Wenn wir Glück haben, steckt die Festplatte noch im Computer. Verstau sie hier drinnen.“ Silent reicht dir eine Brotdose. „Darin fällt sie nicht sofort auf und ist außerdem geschützt. Mit etwas Glück ist das Steuerprogramm der Roboter noch auf der Festplatte. Wenn ich weiß, wie die Robospider programmiert sind, kann ich ein Computervirus schreiben, das sich schnell unter den Spinnenrobotern verbreitet und sie nach einer kurzen Zeit lahmlegt.“

Du traust deinen Ohren nicht. „Das hört sich nicht nach einigen wenigen Exemplaren an …“

„Leider nein“, gibt Tec kleinlaut zu. „Sie haben nämlich angefangen, sich selbst nach eigenem Vorbild zu vervielfältigen. Und dafür brauchen sie eine Menge Material. Vor allem elektronische Bauteile. Bei der Polizei wurden in der letzten Nacht massenweise Diebstähle von Elektrogeräten gemeldet. Bislang kann der Bürgermeister die Invasion noch geheim halten. Er will nicht, dass die Leute davon erfahren und panisch werden. Darum stand auch noch nichts in der Zeitung.“

Silent sieht von ihrer Tastatur auf. „Außerdem musst du uns einen Robospider bringen, damit ich ihm mein Virus einpflanzen kann.“

Du willst gerade loslegen, um zu protestieren, da hebt Tec die Hand. „Da das aber viel zu gefährlich für dich wäre“, erklärt er, „haben wir uns überlegt, dass du uns einen Spinnenroboter in Einzelteilen bringen könntest. Ich bau das Ding schon zusammen. Wird kein großes Problem. Vielleicht befindet sich auf der Festplatte ja auch noch ein Bauplan. Danach lassen wir den Robospider samt Silents Virus frei. Und dann … erledigt sich der Rest praktisch von selbst. Die gute Nachricht ist, dass die Robospider nach unseren Informationen nur Kontraste und Bewegungen sehen können. Das heißt, wenn du dich nicht vor einem hellen Hintergrund befindest und ganz still stehst, müssten sie dich eigentlich nicht bemerken.“

Du bist erleichtert.

„Trotzdem“, warnt Silent dich. „Robospider sind unberechenbar. Sie haben sich auf seltsame Weise weiterentwickelt und sozusagen ihren eigenen Kopf. Pass also gut auf dich auf.“

„Macht euch keine Sorgen. Ich bin vorsichtig.“ Voller Tatendrang springst du von deinem Stuhl auf: „Dann schau ich mir mal das Labor an.“

Du kramst dein Handy aus der Hosentasche und legst es neben Silents Notebook. „Falls meine

Mam anruft. Sag ihr, dass wir für Mathe lernen müssen und es spät werden wird."

Silent nickt. Zufrieden öffnest du einen Metallkoffer, nimmst Fahrradhelm, Knieschoner, Ellbogenschützer und Rollerblades raus und stopfst die Sachen in deinen reißfesten Auftrag-Rucksack. Du siehst kurz in die beiden vorderen Taschen und prüfst, ob die Nachtsichtbrille, das Allzweck-Taschenmesser mit Laserschneider und dein Pocket-PC da sind. Dann bist du bereit.

„Ach, mit den Dingern solltest du aufpassen", warnt Tec dich. Er zieht einen Rollerblade wieder aus dem Rucksack. „Hab sie etwas aufgemotzt. Die Räder rollen jetzt so lange mit gleicher Geschwindigkeit weiter, bis du mit der Ferse abbremst. Dafür sorgt dieses Kugellager hier." Tec zeigt auf die Nabe eines der vier kleinen Räder. „Es besitzt praktisch null Reibungswiderstand. Du musst dich erst daran gewöhnen."

„Und hier, dein *TeamSpeak*." Tec reicht dir ein *Headset*. Er hat es mit Minikamera und Funkgerät ausgestattet, damit ihr über einen abhörsicheren Funkkanal in Kontakt bleiben könnt. Das *Headset* verstaust du ebenfalls im Rucksack. Mit einem „Viel Glück" deiner beiden Freunde verlässt du euren geheimen Unterschlupf.

16

Draußen stürmt und nieselt es immer noch. Du suchst dir eine unbeobachtete, regengeschützte Stelle an der Fassade des Towers. Dort setzt du den Helm auf und stöpselst die kleinen Ohrstöpsel ein, die sich an den Seiten befinden. Vorsichtig klopfst du auf das winzige Mikrofonloch an der Stirnseite des Helms.

„Kann dich klar und deutlich empfangen“, bestätigt Tec. „He, das regnet ja immer noch. Mach mal die Linse sauber.“

Mit einem Papiertaschentuch reibst du vorsichtig über ein zweites kaum sichtbares Loch.

„Ja, jetzt ist es besser!“

Du legst Ellbogenschützer und Knieschoner an und schlüpfst in die Rollerblades. Deine Schuhe stopfst du in den Rucksack und schulterst ihn. Ein paarmal rollst du langsam vor und zurück. Mit etwas Übung hast du die Blades schnell im Griff. „Bin startklar. Und ihr?“

„Ja, wir auch“, meldet Silent. „Hab die Koordinaten der Uni ins Navigationssystem eingegeben. Ich schalte es jetzt ein. Viel Erfolg.“

Gleich darauf ertönt in deinen Ohrstöpseln eine klare Frauenstimme: „Sie befinden sich auf dem Potsdamer Platz. Bitte fahren Sie geradeaus zur Hauptstraße.“

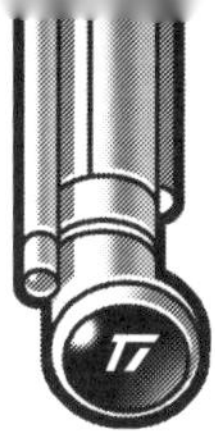

Du schließt die Augen und konzentrierst dich einen Moment lang auf deinen Auftrag. Erst als es nicht mehr ganz so fürchterlich in deinem Magen kribbelt, holst du vorsichtig Schwung und fährst los.

Halt!

Ab sofort entscheidest nur noch du allein, wie ROBOSPIDER weitergeht. Dafür wurde das gesamte Abenteuer in nummerierte Textabschnitte geteilt. Am Ende jedes Abschnitts trittst du in Aktion:

Du darfst aus mindestens zwei vorgeschlagenen Abschnittsnummern eine auswählen.

Die Augenzahl eines Würfels entscheidet für dich. Dazu blätterst du die Buchseiten unten rechts wie bei einem Daumenkino durch, stoppst und liest die Würfelzahl ab.

Die Lösung eines Rätsels führt dich zur nächsten Textabschnittsnummer.

Damit du deinen Auftrag ausführen kannst, musst du in Computer eindringen, Passwörter knacken, Hightech-Geräte in Gang bringen und noch vieles mehr erledigen. Solltest du irgendwo feststecken, kannst du Silent oder Tec über *TeamSpeak* um Hilfe rufen. Das ist eure abhörsichere Funkverbindung.

Hinten imBuch findest du das LAN-Clan-Lexikon. Wörter, die im Text *kursiv* gedruckt sind, werden darin erklärt. Außerdem gibt es dort einen Pocket-PC für Notizen. Darin kannst du Passwörter festhalten, Namen aufschreiben oder etwas abzeichnen. Halte einfach alles darin fest, was später im Abenteuer noch wichtig werden könnte. Leg dir am besten also schon mal einen Bleistift bereit. Und jetzt viel Glück und viel Spaß mit ROBOSPIDER.

Lies weiter bei 56

2

Du misst den Durchmesser der Mutter. Wenn es Werkzeug gibt, dann muss es in der Wellblechhütte sein. Und es sind nur wenige Schritte bis dorthin. Trotzdem bleibst du vorsichtig. Unter keinen Umständen willst du auf schwarze Robospider stoßen. Zur Sicherheit hältst du den Stopper einsatzbereit und fest umklammert in der Hand. Schließlich erreichst du ohne jeglichen Zwischenfall dein Ziel. Hastig durchstöberst du die völlig verdreckte Hütte. Du suchst in den Regalen, unter dem verrotteten Tisch, zwischen den vermoderten Matratzen. Keinen Winkel lässt du aus. Doch weit und breit ist kein Werkzeug zu sehen. Murrend willst du gerade die Hütte verlassen, da entdeckst du hinter der Tür unter einer Werkbank eine unauffällige Werkzeugkiste. Du hebst den Deckel an. „Yes!“, rufst du begeistert. „Hab was gefunden. Eine Brechstange und eine Menge verschiedener Schraubenschlüssel.“

Wenn du die Brechstange mitnimmst, lies weiter bei **49**

Wenn du einen Schraubenschlüssel mitnimmst, lies weiter bei **85**

3

Du hast die richtige Sicherung der passenden Halterung zugeordnet. Unter lautem Rattern springt nun der Motor an. Schwarzer Qualm steigt in die Luft. Nur – wie steuert man den riesigen Kasten? Du willst den Lastenarm mit dem Elektromagneten am Haken direkt über dem Spinnennetz platzieren. Nur so kannst du dir ungestört Zugang zum Tunnel verschaffen. Denn sollten die schwarzen Robospider auf dich losgehen wollen, werden sie vom Magneten außer Gefecht gesetzt.

Sieh in deinen Pocket-PC!

Wenn du das „Handbuch für Kranführer“ im Rucksack hast, steht die Zahl, bei der das Abenteuer für dich weitergeht, hinter dem Buchstabenkürzel HK“.

In deinem Pocket-PC ist keine Zahl mit dem Kürzel „HK“ gespeichert, also besitzt du auch kein „Handbuch für Kranführer“.
Lies weiter bei 39

4

Bis zur Schrottpresse ist es nicht weit. Ein Spaziergang sozusagen. Du schleichst dich ein paar Meter am Schrottberg entlang, überquerst an einer sichtgeschützten Stelle den schlammigen Weg und huschst rüber zur Schrottpresse. Sie ist ziemlich hoch und etliche Meter lang und bietet dir genügend Schutz, um sie in Ruhe erforschen zu können. Und was dich am meisten beruhigt: Weit und breit sind nur blaue Spinnenroboter zu sehen, die weiter ihre Fracht abladen und sich keinen Cent für dich interessieren. So kannst du dich in aller Ruhe auf die gewaltige Maschine konzentrieren. Du entdeckst einen offenen Schalterkasten. Vier Hebel, mehr nicht. Einen nach dem anderen legst du um. Doch es rührt sich nichts. Offenbar ist kein Saft in der Leitung. Du entdeckst ein Kabel, das oben aus dem Schalterkasten herausragt und über den Platz hinweg zu einem Pfahl hinter der Wellblechhütte führt. Du beschließt, dort nachzusehen und schleichst los.

Lies weiter bei **77**

5

Schleunigst machst du kehrt. Doch vor der Tür bleibst du plötzlich stehen. Was ist das für ein grauer Kasten dahinter? Du guckst rein. Schalter, so weit das Auge reicht. Über einem steht „Tor: Halle – Notstrom“. Doch deine Freude hält nicht lange an. Mit dem Schalter lässt sich offenbar nur das Tor zur Halle öffnen. Die Notstrom-Generatoren kannst du wohl wirklich nur vor Ort einschalten. Murrend entriegelst du das Hallentor und läufst durch den Hinterausgang des Haupthauses hinaus in die stürmische nasskalte Finsternis. Ein Hubschrauber mit Suchscheinwerfer donnert über dich hinweg. Du schlüpfst schnell in den Schutz nah beieinanderstehender Nadelbäume. Dann wird es wieder still oben am Himmel. Du verlässt dein Versteck und erreichst endlich wohlbehalten dein Ziel: die Halle mit den Notstrom-Generatoren. Das Tor steht bereits einen winzigen Spalt offen. Doch drinnen erwartet dich ein erstaunlich veraltetes Ungetüm. Verblüfft stehst du davor und bewunderst den eher schrottreifen Koloss.

„Was ist das denn für eine Rostlaube.“ Tec

lacht. „Das Ding soll eine komplette Stadt mit Strom versorgen?“

„Es ist nicht unsere Aufgabe, die Generatoren nach Schönheit zu beurteilen“, kommentiert Silent nüchtern. „Wir haben einen Auftrag und der lautet: Schmeißt die Notstrom-Generatoren an.“

Silent hat Recht. Und darum spazierst du um das riesige Ding herum, um nach dem Schalterkasten zu suchen. Schließlich entdeckst du ihn.

Lies weiter bei ***17***

6

Dein schneller Herzschlag hämmert bis hoch in deine Schläfen. Nein, du wirst nicht kampflos aufgeben. Du rennst auf einen Schrottberg zu, packst das nasse Metall und kletterst wie ein gehetztes Beutetier rauf. Plötzlich liegt vor dir, inmitten des Unrats, ein Ölkanister. Hastig wirfst du einen Blick zurück. Der Abstand zwischen dir und den Robotern schwindet beträchtlich. Mit all deiner Kraft zerrst du den Kanister raus, reißt den Verschluss ab und schüttest den schmierigen Inhalt breitflächig hinter dir aus. In hohem Bogen fliegt der leere Kanister polternd vor die Beine deiner Verfolger. Metall kracht auf Metall. Die Spinnenroboter sind machtlos. Der Schmierfilm unter ihnen raubt ihnen den Halt. Keuchend hangelst du dich am Wellblechzaun nach oben, stemmst dich mit letzter Kraft hoch und springst auf der anderen Seite runter. Der Sand ist weich. Du verlierst das Gleichgewicht und fällst hin. Robospider-Beine ragen oben über das gewellte Zaunblech. Blitzartig rollst du dich auf die Seite, kämpfst dich hoch und stolperst ins schützende Wäldchen. Mit flatternden Knien kletterst du auf den erstbesten Baum und machst dich inmitten gelbbrauner Herbstblätter vor den erbarmungslosen Metallkreaturen unsichtbar.

Unzählige schwarze Robospider schwärmen am Boden und ins Geäst der Bäume aus. Systematisch durchkämmen deine Verfolger das Dickicht unter dir. Nicht einen einzigen Baum lassen sie aus. Plötzlich ist da was auf deinem Rücken. Es krabbelt über deine Schulter auf deinen Kopf. Dein Nacken verkrampft. Das schwarze Ungetüm erstarrt. Es lauert. Du hältst den Atem an und zählst die Sekunden, die jede für sich eine Ewigkeit dauern. Doch du hältst der Tortur stand.

Schließlich bewegt sich der Robospider wieder,

hält noch einmal lauernd inne und klettert weiter zum nächsten Ast.

Nach einer ziemlich ausufernden Suchaktion geben die schwarzen Robospider auf und verschwinden.

„Sie sind jetzt weg“, flüsterst du mit bebender Stimme.

„Wie hast du das bloß ausgehalten?“, fragt Silent.

„Frag lieber nicht.“ Mit wackeligen Knien kletterst du vom Baum und lugst durch das Geäst rüber zum Zufahrtstor. „Ich geh wieder rein.“ Vor dem Tor wirfst du einen vorsichtigen Blick auf den Platz. Dann schleichst du los. Um die Wellblechhütte herum, zum Pfahl mit dem Stromkasten.

Lies weiter bei ***11***

7

Du kletterst an den Maschen des Zauns hoch, ziehst oben dein Allzweck-Taschenmesser aus der Hosentasche und schneidest mit dem Minilaser den Stacheldraht durch. Hastig schmeißt du deinen Rucksack über den Zaun und springst hinterher. Du schnappst dein Gepäck und bringst dich hinter einer Anhöhe in Sicherheit. „He, Leute“, keuchst du atemlos. „Bin jetzt auf dem Gelände.“

Im selben Moment spürst du aber, dass etwas Schweres auf deinen Rücken krabbelt. Stocksteif vor Angst liegst du da. Deutlich hörst du das Surren winziger Elektromotoren. Am liebsten würdest du schreiend aufspringen. Aber das darfst du nicht. Die Polizisten würden dich sofort entdecken. Du schüttelst deinen Oberkörper, um das schwere Ding abzuwerfen und siehst über deine Schulter. Rote *LED*-Augen starren dich eiskalt an. Der Robospider krallt sich mit den kleinen Greifarmen an den Enden seiner Metallbeine an deiner Regenjacke fest.

„Los, schnell! Zieh sie aus“, ruft Tec dir zu.

Du rollst dich auf die Seite, schlüpfst aus den Ärmeln und ziehst die Jacke aus. Mit wenigen Handgriffen wickelst du den völlig überraschten Spinnenroboter darin ein. Er versucht sich zu befreien und zappelt wild herum. Im selben Augenblick donnert ein Hubschrauber über das Gelände. Du musst dir ein besseres Versteck suchen. Also springst du auf und sprintest los. Unter einem schräg angebrachten *Solarmodul* hinten im finsteren Solarpark gehst du in Deckung. Erleichtert atmest du auf. Dennoch hast du ein Problem. Der Robospider in deiner Jacke zappelt unentwegt weiter. Du packst fester zu. „Soll ich ihn dir mitbringen?“, fragst du deinen Freund, stolz über die Beute.

„Logisch!“ Tec freut sich.

Doch mit einem Mal leuchten zahllose rote *LED*-Augenpaare um dich herum auf. Eine Horde Robospider prescht genau auf dich zu. Du springst hoch und läufst im Schutz der Dunkelheit in einen verlassenen Kontrollturm. Drinnen knallst du die Tür hinter dir zu und stemmst dich mit dem Rücken dagegen. Mit der freien Hand kramst du die Nachtsichtbrille aus dem Rucksack und setzt sie auf.

Dann hältst du inne. Regnet es draußen? Das Prasseln wird immer lauter. Es ist direkt über dir. Vor Angst erstarrt siehst du hoch. Im grünen Schimmer deiner Nachtsichtbrille siehst du unzählige rote Robospider auf dich zukrabbeln.

„Du musst ihn lahmlegen“, ruft Tec. „Wahrscheinlich können sich die Robospider gegenseitig orten. Unter seinem Bauch ist eine Klappe, dahinter ist sein Computerchip untergebracht. Den musst du zerstören.“

Hastig kramst du dein Allzweck-Taschenmesser raus, setzt dich auf den Boden, wickelst den zappelnden Spinnenroboter aus und presst ihn auf den Rücken. Mit dem Messer entfernst du seine Bauchklappe und schmilzt mit dem Laser sein Inneres. Die roten *LED*-Augen erlöschen. Schlaff liegt der zerstörte Robospider vor dir. Du starrst an der Turmwand hoch. „Es hat geklappt. Wahnsinn, sie klettern alle zusammen den Turm wieder hoch und verschwinden nach draußen in die Finsternis."

Schnell ziehst du die Jacke über und lugst durch einen Spalt in der Tür. Draußen verteilen sich die Robospider wieder auf dem ganzen Gelände. Eilig schlüpfst du nach draußen und machst dich erleichtert auf den Weg in Richtung Haupthaus. Dort soll der Schaltraum sein, in dem die Notstrom-Generatoren in Gang gesetzt werden können.

Du schleichst am Rand des Solarparks vorbei. Zwischen den *Solarmodulen* wimmelt es nur so von roten und blauen Robospidern. Nachdenklich fragst du: „Ist euch aufgefallen, dass es rote und blaue Spinnenroboter gibt?"

Plötzlich ist da wieder das lästige Geräusch flatternder Rotoren. Ein Suchscheinwerfer bewegt sich geradewegs auf dich zu. Da es nur noch wenige Meter bis zum Haupthaus sind, nimmst du deine Beine in die Hand und rast los.

Lies weiter bei 19

8

Mit dem passenden Schraubenschlüssel kehrst du sofort zur Schrottpresse zurück. Du brauchst viel Kraft, um die verrostete Mutter zu lösen. Nach einer Menge Schweiß und Ausdauer schaffst du es. Gemächlich setzt sich eine dicke Stahlplatte in Bewegung. Der mächtige Schieber quetscht das gesamte Beutegut der Spinnenroboter wie Papierspielzeug zusammen.

„Lass ihn eingeschaltet“, ruft Tec. „Damit alles, was die blauen Arbeiter-Spinnenroboter jetzt noch reinwerfen auch gleich zerstört wird. Gut gemacht.“ Zufrieden machst du dich auf den Weg, um auch den Kran in Gang zu setzen.

Lies weiter bei 47

9

Welche acht Ersatzbeine auf dem Regal passen zu einem Robospider? Vergleiche das Robospider-Bein in der Lupe mit den Ersatzbeinen im Regal.

Addiere die Zahlen neben den acht passenden Robospider-Ersatzbeinen und ziehe 36 von der Summe ab. Das Ergebnis führt dich zum nächsten Textabschnitt.

Für dich sehen alle zwölf Ersatzbeine völlig gleich aus. Du brauchst Tecs Hilfe. Lies weiter bei 68

10

„Ich hab mir das einfacher vorgestellt“, jammerst du nach unzähligen missglückten Versuchen, den passenden Schlüssel für das Schloss der Küchentür zu finden.

„Hast du darauf geachtet, dass der Schlüssel-

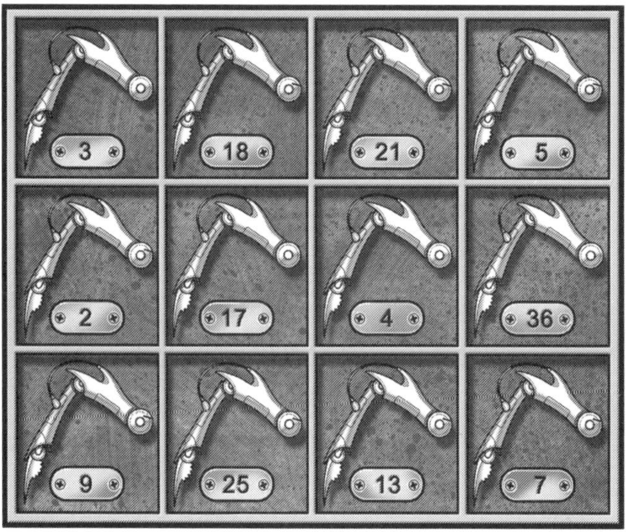
3
18
21
5
2
17
4
36
9
25
13
7

bart spiegelverkehrt sein muss, damit er ins Schloss passt?“, erinnert Silent dich.

Du schlägst dir mit der Hand gegen die Stirn und stöhnst: „Jetzt kapier ich.“

Lies weiter bei 48

11

Du erreichst den Pfahl hinter der Wellblechhütte. „Stromzufuhr: Kran und Schrottpresse“, steht auf dem Metalldeckel des verrosteten Kastens. Er ist abgeschlossen. Für dein Allzweck-Taschenmesser kein Problem. Binnen Sekunden knackst du das Schloss. Knarrend öffnet sich der Deckel.

„Hab jetzt den Stromkasten aufgebrochen“, flüsterst du in das Headset. „Aber jemand hat das Hauptkabel zerstört und ein großes Stück rausgeschnitten.“

„Dann musst du es überbrücken“, antwortet Tec und fragt: „Wohin führt die Stromleitung überhaupt?“

„Zum Kran und zur Schrottpresse, steht hier.“ Um dich zu vergewissern, dass die beiden Stromkabel, die aus dem Kasten führen, heil geblieben sind, folgst du ihrem Verlauf mit deinen Augen. „Sieht aus, als wären sie in Ordnung."

„Sehr gut, dann reparier das olle Ding! Vielleicht nützen dir die Maschinen was."

Sieh in deinen Pocket-PC!

Wenn du einen aufgerollten Kabelrest im Rucksack bei dir hast, steht die Zahl, bei der das Abenteuer für dich weitergeht, hinter dem Buchstabenkürzel „KR".

In deinem Pocket-PC ist keine Zahl mit dem Kürzel „KR" gespeichert.
Lies weiter bei 67

12

Du ziehst die Decke beiseite und öffnest die Kiste. Doch es ist zu finster, um was erkennen zu können. Vielleicht kannst du etwas ertasten. Vorsichtig streckst du die Hand aus. Doch du zuckst sofort wieder zurück. Das ist viel zu gefährlich. Du kramst deine Nachtsichtbrille hervor und setzt sie auf. Du bist erleichtert. Der Inhalt ist völlig harmlos: Du nimmst ein vergilbtes Buch mit dem Titel „Handbuch für Kranführer“ raus.

Wenn du das Handbuch für Kranführer gebrauchen kannst, dann steck es ein und schreib „HK46“ in deinen Pocket-PC.

Außerdem findet sich noch eine Brechstange in der Kiste …

Wenn du die Brechstange gebrauchen kannst, dann steck sie ein und schreib „BS78“ in deinen Pocket-PC.

… sowie ein zusammengerollter Kabelrest.

Wenn du einen Kabelrest gebrauchen kannst, dann steck ihn ein und schreib „KR52“ in deinen Pocket-PC.

Plötzlich hältst du inne. Ein Robospider krabbelt die Außenwand der Hütte hoch. Schnell verkriechst du dich in eine finstere Ecke hinter der Tür. Ein einzelner schwarzer Spinnenroboter sieht durchs Fenster. Doch dann krabbelt er weiter. Du legst die Decke zurück auf die Kiste und verlässt den sicheren Schatten hinter der Tür.

Lies weiter bei 33

13

„He“, brummst du. „Das sind zu viele Lötkontakte. Da steige ich nicht durch.“

„Keine Panik“, erwidert Tec gelassen. „Siehst du die großen runden Kontaktpunkte auf der linken und die auf der rechten Seite? Jetzt stell dir vor, dass die Leitungen ein Labyrinth darstellen und du einen Weg von einem der linken Kontaktpunkte zu einem der rechten Kontaktpunkte finden musst und der richtige Weg aber nur über eines der vier Lötstellenpaare führt. Wenn du es schaffst, das richtige Lötstellenpaar miteinander zu verbinden, also kurzschließt, springt die Tür ohne Eingabe eines Zugangscodes auf.“

„Ah, verstehe“, murmelst du. Nervös wischst du dir kalten Schweiß von der Stirn.

Lies weiter bei 33

14

Es fällt dir schwer, den defekten Robospider zu berühren. Doch du überwindest deine Scheu und trägst ihn rüber zum Werktisch. Im Schein der Neonlampe nimmst du ihn gründlich unter die Lupe. Am Bauch fehlt die Abdeckung. Ein Stecker hängt lose heraus.

„He, der Stecker gehört sicher in eine der fünf Buchsen darunter. Los, steck ihn rein“, ruft Tec aufgeregt.

Im selben Moment zucken die Beine des Spinnenroboters. Sie wollen sich an deine Hand klammern. Panisch schüttelst du deinen Arm. Der Spinnenroboter purzelt zu Boden. Doch im selben Augenblick rappelt er sich blitzartig hoch und baut sich angriffslustig vor dir auf.

„Wow! Habt ihr das gesehen? Er hat sich ganz allein aufgerichtet. Scheint doch nicht kaputt zu sein.“

Das Metallmonster beäugt dich misstrauisch und kratzt mit einem Bein über den Fußboden. Vorsichtig beugst du dich nach unten und nimmst ihn behutsam wieder auf. Zwar zucken seine Metallbeine, doch er wehrt sich nicht. Trotzdem packst du fest zu, damit er dir nicht noch einmal aus den Fingern gleitet. Sachte drehst du ihn auf den Rücken, hältst ihn unter die Lampe und studierst die fünf Buchsen in der Bauchöffnung. „Habt ihr eine Ahnung, in welche Buchse der Stecker gehört?“, fragst du ratlos.

Lies weiter bei 74

15

Wieder bist du draußen vor dem Zaun gelandet. Gierig saugst du frische Atemluft ein. Keine zehn Pferde bekommen dich jemals wieder in dieses fürchterliche Abwasserrohr. Es muss einen anderen Weg geben.

Du wartest ab, bis kein Hubschrauber mehr zu hören ist. Dann kletterst du den Zaun hoch. Du schaffst es gerade mal bis nach oben zum Stacheldraht, da knattert bereits der nächste Hubschrauber mit seinem Suchscheinwerfer auf dich zu. Im letzten Moment schaffst du es, runterzuklettern und dich zu verstecken. „Verdammt!“, fluchst du. Dabei musst du dringend ins Solarkraftwerk. Nur wie? Der Zaun wird aus der Luft bewacht. Du starrst in den finsteren Schlund des Abwasserrohrs. Es bleibt dir wohl keine andere Wahl.

„Und wenn ich mich verirre?“, sagst du mürrisch.

Silent gibt dir einen Tipp: „Zeichne an die Rohrwand, woher du gekommen bist.“

Der Ratschlag gefällt dir. Du suchst dir auf dem Waldboden einen Stein und kriechst ein weiteres Mal ins enge Abwasserrohr. An der Abzweigung machst du halt. Du schreibst „Eingang“ und malst einen Pfeil, dessen Spitze in die Richtung zeigt, aus der du gerade hergekrochen bist.

Du kriechst links weiter.
Lies weiter bei **71**

Du kriechst rechts weiter.
Lies weiter bei **34**

16

Eilig kletterst du den rettenden Einstiegsschacht hoch. Ganz schön anstrengend. Oben angekommen lugst du vorsichtig über den Rand. Du kannst keine Spinnenroboter sehen.

„He, du hast Glück! Nicht ein einziges *LED*-Auge!“ Tec freut sich mit dir.

„Echt! Glück kann ich sehr gut gebrauchen“, schnaufst du, kletterst raus und schleichst hinter einen schützenden Busch.

„Achtung“, ruft Tec plötzlich aufgeregt.

Schnell gehst du in Deckung, als schon wieder ein Polizeihubschrauber über deinen Kopf hinwegdonnert. Erst als er wieder weit genug weggeflogen ist, verschaffst du dir einen ersten Überblick über das Werksgelände. Nicht weit entfernt von dir entdeckst du ein großes Gebäude. „Seht ihr das?“, fragst du leise. „Das große Gebäude da vorn. Ist es das Haupthaus?“

„Ja“, bestätigt Silent. „Dort drinnen ist der Schaltraum, in dem du die Notstrom-Generatoren in Gang setzen kannst.“

„Gut. Ich mach mich auf den Weg!“ Du seufzt, denn der Weg ist lang. Weit und breit nur Rasen. Hier und da fast kahle Büsche. Gelegentlich ein Baum. Kaum eine richtige Möglichkeit, sich zu verstecken. Also bleibt dir nichts anderes übrig, als dich weder von den grellen Lichtkegeln der Hubschrauber noch von den widerlichen Spinnenrobotern erwischen zu lassen.

Schließlich rennst du los. Doch bereits auf halber Strecke werden deine Befürchtungen wahr. Rasant nähern sich knatternde Rotoren. Du beißt die Zähne zusammen und läufst um dein Leben.

Lies weiter bei **19**

17

Wenn du nur wüsstest, welchen Wert du eingeben musst. Hat die Systemnummer 111 vielleicht etwas damit zu tun? Spaßeshalber addierst du die Werte der Regler 1, 2 und 3. Du freust dich und rufst: „Ich glaub, ich hab es!“

Damit ausreichend Strom für die gesamte Stadt Berlin produziert wird, müssen die Regler aller neun Generatoren auf die richtigen Werte eingestellt werden.

Fast alle Regler sind richtig eingestellt, mit Ausnahme des Reglers von Generator 8. Er steht auf 000. Auf welchen Wert musst du ihn einstellen, damit auch er anspringt und gemeinsam mit den restlichen Generatoren die nötige Menge Strom erzeugt?

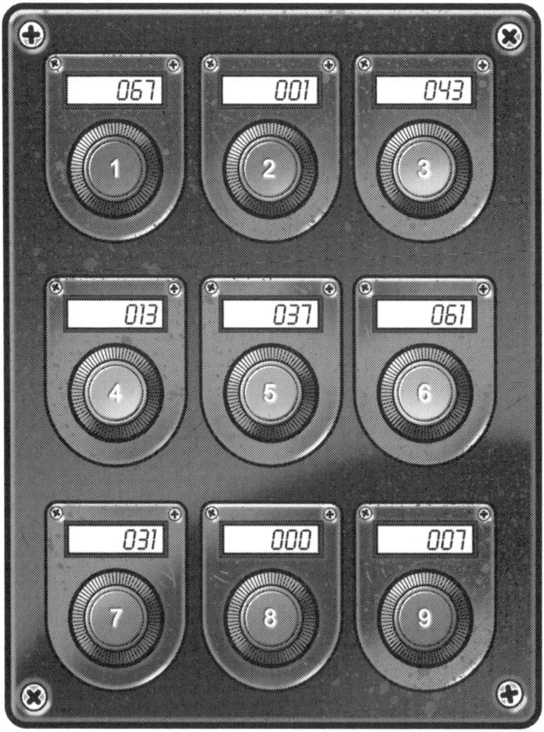

Der Wert, auf dem der Regler von Generator 8 eingestellt werden müsste, ist die Nummer des Abschnittes, bei dem das Abenteuer weitergeht.

Du hast dich wohl doch getäuscht.
Silent muss dir helfen.
Lies weiter bei **28**

18

Du wirfst einen kurzen Blick hinter der Säule hervor. Die Gelegenheit wäre günstig. Also wagst du es und schleichst rüber zur Tür der Filteranlage. Ohne die roten Robospider aus den Augen zu lassen, drückst du sachte den Türgriff nach unten. Doch es ist abgeschlossen. Jemand hat einen Code auf das Schild gekritzelt: LC61717. Was hat er zu bedeuten? Du kramst deinen Pocket-PC raus und speicherst den Code.

Speicher den Code „LC61717“
in deinem Pocket-PC!

Schade! Also bleibt dir nichts anderes übrig, als zum Einstiegsschacht zu schleichen. Du atmest tief durch, linst um die Ecke und mit einem geübten Satz erreichst du die letzte Säule. Du fasst noch einmal Mut und landest schließlich beim rettenden Schacht.

Lies weiter bei **16**

19

Puh, das war knapp. In letzter Sekunde entkommst du dem aufdringlichen Verfolger aus der Luft. Dicht an die Wand des Haupthauses gedrängt hockst du zwischen Müllcontainern und verschränkst die Arme über dem Kopf. Du kneifst die Augen zusammen. Die Rotoren peitschen dir Wind, Nieselregen und Herbstlaub ins Gesicht. Eine Weile noch kreist der Hubschrauber über dir, dann dreht er endlich ab. Erleichtert schüttelst du Laub aus deinen Haaren. Du schleichst weiter, immer nah an der Hauswand entlang, zum hinteren Teil des Haupthauses. Es gibt einen Hintereingang. Die Tür ist nicht mal abgeschlossen. Du ziehst sie auf und schlüpfst rein. Im Flur ist es stockfinster. Aber dank Nachtsichtbrille …

Nach wenigen Schritten teilt sich der Flur. Schilder erklären, wohin die Seitengänge führen: an der Mitarbeiterküche vorbei zum Großraumbüro und zum Schaltraum. „Wer sagt es denn“, murmelst du begeistert. „Auf zum Schaltraum. Wenn die Notstrom-Generatoren erst mal laufen, wird mich hier nichts mehr auf diesem verbarrikadierten Gelände halten.“

Dennoch übereilst du nichts. Du hältst weiterhin Augen und Ohren offen. Wenn du etwas nicht ausstehen kannst, dann sind es unliebsame Überraschungen. Also hältst du auf deinem Weg zum Schaltraum immer wieder an und horchst.

Plötzlich bleibst du wie angewurzelt stehen. Was war das? Dieses Poltern irgendwo im verwinkelten Dunkel des beängstigend leblosen Hauses. Schlagartig fährst du herum. Hinter dir tippelt ein Schatten um die Ecke. „Ein Robospider", murmelst du angewidert. Ängstlich drückst du dich an die Wand. Aber die Metallkreatur hat dich nicht bemerkt. Es wird still.

Unbeirrt schleichst du weiter zum Schaltraum. Auf einmal ist da eine Tür. Auf dem Schild daneben steht „Mitarbeiterküche".

Du gehst weiter zum Schaltraum.
Lies weiter bei 61

Du bleibst stehen.
Lies weiter bei 59

20

Die Robospider sind dir haushoch überlegen. Du wirst es niemals schaffen, ihnen zu entkommen. Immer wieder drehst du dich um und zielst mit dem Stopper auf deine Verfolger. Zwar erlöschen schwarze *LED*-Augen, doch du kannst den beharrlichen Robospidern nicht entkommen. Ein lauter Knall ertönt. Ein schwarzes Netz fliegt auf dich herunter. Dann folgt ein zweites Netz. Du willst dir die Seile vom Leib zerren, doch statt dich freizukämpfen, verhedderst du dich immer mehr. Du zielst immer noch auf deine Verfolger. Doch dein Verteidigungsinstrument ist mit einem Mal wirkungslos. „Der Stopper gibt seinen Geist auf", brüllst du verzweifelt.

„Das kann nicht sein", ruft Tec. „Die Batterie hält im Normalfall fünf Jahre. Sicher tricksen sie dich aus und haben ihre *Infrarot*schnittstelle abgeschaltet."

Trotzdem gibst du nicht auf. Verzweifelt versuchst du weiter, dich aus den Netzen zu befreien. Doch die Metallkreaturen schnüren dich wie ein Beutepäckchen ein und schleppen dich mit vereinten Kräften davon. Sie tragen dich zu einem riesigen Spinnennetz vor einem der Schrottberge. Das Netz besteht aus armdicken Rohren. Die untersten Rohre, nahe dem Boden, ziehen sich wie Teleskoparme zusammen und geben einen Tunnel frei. Die Robospider tragen dich in diesen Tunnel hinein, der schließlich in ein unterirdisches Höhlensystem übergeht. Die Wände sind mit stabilen Metallplatten verkleidet. In der düsteren Ecke eines unwirtlichen kalten Raums laden dich die Robospider ab.

Lies weiter bei 27

21

Stöhnend gibst du auf und schüttelst langsam den Kopf. „Ich könnte noch stundenlang auf die Akkus starren. Aber ich kann mir den auseinandergefalteten einfach nicht zusammengefaltet vorstellen."

„Echt nicht? Ist doch einfach." Tec will dir helfen. „Sieh dir genau an, wie die Zahlen auf dem auseinandergefalteten Akku zueinander liegen. Stoßen sie Kopf an Kopf oder Kopf an Fuß? Merk dir das gut und vergleiche es nacheinander mit den fünf verschiedenen Akkus. Und siehe da! Schon hast du den passenden Akku gefunden.“

Lies weiter bei 63

22

Im nächsten Container liegen Metallkörper. Blaue, rote, schwarze, rotgefleckte und winzige gelbe. „He, Tec. Hab Metallkörper gefunden. Welchen willst du? Rot oder blau?“

„Ist egal. Andere Größen passen eh nicht.“

Wahllos greifst du nach einem Metallkörper und suchst dir eine Ecke, in der du euren Robospider ungestört zusammenbasteln kannst. Du kramst dein Allzweck-Taschenmesser aus dem Rucksack und klappst den Schraubenzieher auf. Tec assistiert dir über *TeamSpeak*. Nach einer ziemlichen Fummelei legst du das Messer beiseite, kramst die Sprühdose raus und markierst den Metallkörper mit grüner Farbe. Du staunst. Je mehr die Farbe trocknet, desto heller leuchtet sie.

„So kannst du unseren Robospider auch im Finstern von den anderen unterscheiden“, erklärt Tec.

Begeistert steckst du euren fast kompletten grünen Robospider ein.

„Jetzt fehlt nur noch der Akku", sagt Tec erfreut.

„Wetten, dass er in einem der anderen Container ist?"

Lies weiter bei 55

23

Geduckt rennst du mitten durch Schlammpfützen, versteckst dich hinter hoch aufragenden Stapeln platt gewalzter Autowracks, läufst zum nächsten schützenden Vorsprung und landest schließlich unentdeckt am Kran. Kaum bist du im Führerhaus angekommen, musst du unwillkürlich grinsen. Der Schlüssel steckt noch. Sofort drehst du ihn rum. Doch es passiert nichts. Mit ganzer Kraft probierst du es gleich noch einmal. Dann wieder. Es bleibt still. Nichts passiert. Schließlich kapitulierst du. „Das Ding hier ist Schrott", fluchst du.

„Bleib cool!", beruhigt dich Tec. „Ist bloß kein Saft in der Leitung."

„Und warum bitte schön funktioniert das Flutlicht? Der Schrottplatz ist taghell erleuchtet."

„Sicherlich wird das Licht von einer anderen Stromquelle gespeist. Sieh lieber nach, wo du Strom für den Kran auftreibst."

Vorsichtig kletterst du auf das Kabinendach. Ein Kabel führt vom Kran zu einem Pfahl hinter einer Wellblechhütte nahe dem Zufahrtstor. „Hab was entdeckt. Ich mach mich auf den Weg."

Du schleichst los, kletterst über einen Schrotthaufen nahe der Presse und meidest den schlammigen Weg. Du denkst, dass du so keine Gefahr läufst, dich mit schwarzen Spinnenrobotern anlegen zu müssen. Doch kaum hast du die Wellblechhütte erreicht, stürzt ein schwarzer Robospider auf dich zu.

„Bleib stehen. Du darfst dich nicht bewegen", sagt Tec. „Im Notfall hast du noch den Stopper!"

Du hörst nicht auf Tec und willst dich in der Wellblechhütte in Sicherheit bringen.
Lies weiter bei **70**

Du gehorchst Tec und rührst dich keinen Millimeter von der Stelle.
Lies weiter bei **90**

24

Du rennst raus in die Finsternis und steuerst geradewegs auf den Solarpark zu. Überall vor dir leuchten blaue und rote *LED*-Augen bösartiger Robospider auf. Ein unglaublicher Anblick. Plötzlich nähert sich ein Hubschrauber. Unzählige Spinnenroboter glitzern im Lichtkegel der Scheinwerfer auf. Mit einem gewagten Satz verkriechst du dich im Schutz einiger Nadelbäume. Der Scheinwerferkegel kommt dir bedrohlich nah. Ob die *Bundespolizei* dich entdeckt hat?

Du zwängst dich weiter rein in dein Versteck. Der Sog der Rotoren raubt dir den Atem. Der Krach dröhnt in deinen Ohren. Die blauen Robospider aber lassen sich nicht aus der Ruhe bringen. Seelenruhig montieren sie weiter *Solarzellen* von den *Solarmodulen* ab. Endlich dreht der Hubschrauber ab und jagt donnernd davon. Wie emsige Ameisen hetzen die blauen Robospider in einigen Metern Abstand direkt an dir vorbei. Eine Handvoll roter Robospider steht nur daneben und passt auf sie auf.

„Wohin bringen sie das ganze Zeugs?“, fragt Tec nachdenklich.

„Soll ich sie mal ein kleines Stück begleiten?“

„Meinetwegen. Aber sei vorsichtig.“

„Ich pass auf!“ Vorsichtig folgst du den blauen Robospidern. Bereits nach wenigen Metern krabbeln sie in einen offenen Schacht. Näher traust du dich nicht ran. „Die Arbeiter transportieren die *Solarmodule* zu diesem Schacht.“

„Sagt mal“, meldet sich Silent. „Wenn die blauen wirklich ungefährlich sind, könntest du ihnen nicht deinen Peilsender unterjubeln? So könnten wir herausbekommen, wo sie ihre Beute sammeln.“

Erst zögerst du. Doch dann bist du einverstanden. „Warte, ich probier es aus.“ Hastig kramst du das Allzweck-Taschenmesser aus der Hosentasche und deinen Helm aus dem Rucksack. Tec leitet dich über Funk an, wie du den Peilsender des Navigationssystems aus dem Helm entfernst. Es ist eine nervenaufreibende Pfriemelei, aber schließlich hältst du den wertvollen Peilsender in der Hand.

„Jetzt wird’s brenzlig“, raunt Tec. „Du musst dir einen blauen Robospider schnappen. Am besten du packst ihn blitzschnell am Körper und drehst ihn sofort auf den Rücken. Dann kann er sich nicht an deinen Arm krallen.“

Du atmest einmal tief durch. „Drückt mir die Daumen." Für den Bruchteil einer Sekunde konzentrierst du dich auf dein Zielobjekt. Dann greifst du blitzschnell zu. Der Robospider ist so perplex, dass er sein *Solarmodul* verliert.

„Mann ist der kleine Kerl stark." Du staunst. Nur mit Mühe kannst du ihn auf den Rücken drehen und seine Metallbeine mit deinen Knien zu Boden drücken. Mit der Spitze deines Messers klappst du seinen Bauchdeckel auf. Ein kurzer Ruck. Dann ist sein winziger Stecker draußen. Der Robospider erschlafft. Tec hilft dir, den Peilsender auf die neue Frequenz einzustellen. Schnell stopfst du den Peilsender in den Robospider, steckst den Stecker ein und klappst den Deckel zu.

> Speicher die Peilsenderfrequenz „PS91"
> in deinem Pocket-PC!

Vorsichtig erhebst du dich. Mit einem abrupten Seitwärtssprung bringst du dich in Sicherheit. Der Spinnenroboter hat von der Operation nichts mitbekommen. Aufgeregt tastet er nach seiner verlorenen Beute, reißt das *Solarmodul* gierig an sich und reiht sich wieder in den Strom arbeitswütiger Robospider ein.

„Hab ihm den Sender eingepflanzt“, berichtest du stolz.

„Gut gemacht“, sagt Tec. „Ich verfolge ihn gerade auf meinem Monitor.“

Zufrieden mit dir läufst du weiter zur Halle mit den Notstrom-Generatoren. Tec hatte ja gesagt, sie läge etwas abseits vom Haupthaus irgendwo am Rand des Solarparks. Schließlich entdeckst du die Halle. Du starrst die Tür an und stöhnst. „Was soll das denn? Es gibt keinen Türgriff. Nicht mal ein Schloss, das man knacken könnte.“

„Wahrscheinlich gibt es auf dem Gelände eine Art Zentralverriegelung und die Tür lässt sich nur von einer Schalttafel oder etwas Ähnlichem aus öffnen“, erwidert Silent.

Du verdrehst die Augen. „Sag nicht im Haupthaus, sonst fall ich auf der Stelle um und bleib liegen.“

„Einen anderen Ort kann ich mir aber nicht vorstellen“, erwidert Silent. Also bleibt dir nichts anderes übrig, als zum Haupthaus zurückzulaufen. Du reißt dich zusammen und rennst los. Nur ein einziges Mal musst du dich vor vorbeifliegenden Hubschraubern in Acht nehmen. Und weil du den blauen Arbeitsrobotern sowieso egal bist, erreichst du ziemlich schnell dein Ziel. Hastig stößt du den Hintereingang des Haupthauses auf und läufst auf direktem Weg zum Schaltraum.

Doch nach einem Blick ist dir klar: Selbst wenn man die Türen mal ferngesteuert öffnen konnte – jetzt funktioniert hier nichts mehr. Die Robospider haben die gesamte Konsole gnadenlos ausgeschlachtet. Du bist frustriert. Aber so schnell wirst du das Handtuch nicht werfen. Schließlich gibt es noch mehr Räume im Haupthaus.

Also machst du kehrt, läufst raus auf den Flur und weiter zum Großraumbüro. Du stehst in der Tür und siehst dich hektisch um. Hier herrscht das absolute Chaos. Mit vorsichtigen Schritten betrittst du den verwüsteten Raum, der aussieht, als hätte sich ein Unwetter darin ausgetobt.

„Vielleicht hinter der Tür“, hörst du Silent sagen.

„Was soll da sein?“, hakst du irritiert nach.

„Ein Schalterkasten oder so was Ähnliches?“

Du drehst dich um und siehst nach. „He, Silent, du kannst hellsehen.“

Silent aber erklärt nüchtern: „Meistens hängen wichtige Schalterkästen eben hinter Türen.“

Begeistert reißt du die Klappe auf. Und tatsächlich: Im Kasten verbergen sich zahllose winzige Hebel und darunter auch einer für die Tür der

Notstrom-Generatorenhalle. Hastig legst du den Hebel um. Ein Lämpchen leuchtet auf. Du rennst aus dem Büro, raus über den Flur und durch den Hinterausgang zurück zur Halle mit den Notstrom-Generatoren. Nur einmal musst du dich dabei vor einem Hubschrauber verstecken. Und als du endlich die Halle erreichst, steht die Tür bereits einen winzigen Spalt offen. Hastig stößt du sie auf.

Du stehst im Neonlicht und gehst erst einmal um die Höllenmaschine herum, die wie ein übergroßes gewaltiges Metallmonster vor dir steht und dir eine Menge Respekt einflößt. Schließlich entdeckst du einen leicht angerosteten Schalterkasten. „Da ist er ja“, sagst du erleichtert und stürzt dich drauf.

Lies weiter bei **17**

25

„Jep, ich hab den passenden Schlüssel gefunden!“ Ohne zu zögern reißt du die Küchentür auf und leuchtest mit der Taschenlampe in die Finsternis. Noch mitten in der Bewegung erstarrst du. Es sind keine Menschen, die deine Hilfe brauchen. Es sind schrottreife Spinnenroboter, die dich hinters Licht geführt haben. Sie geben auf einmal keinen einzigen Ton mehr von sich. Überall liegen sie herum: auf dem Tisch, in den offenen Schränken und über den Boden verstreut.

„He, das ist die Gelegenheit", meldet sich Tec. „Los, bring mir einen kaputten Robospider mit. Besser noch, nur den Metallkörper. Dann brauchst du nicht so viel zu schleppen."

Du schnappst dir eines der reglosen Exemplare und schraubst seinen blauen Metallkörper ab. Drauf klebt eine Nummer.

Speicher die Metallkörpernummer „MK41" in deinem Pocket-PC!

Mit einem Mal sind draußen im Flur Geräusche. Schnell verstaust du den kostbaren Fund und verlässt die Küche. Zur Sicherheit schließt du die Tür ab und lässt den Schlüssel samt Bund im Schloss. Doch kaum ist die Tür zu, fangen die Spinnenroboter drinnen wieder an zu jammern. Schleunigst machst du dich auf den Weg zum Schaltraum.

Lies weiter bei **61**

Nimm den Schrottplatz-Plan zu Hilfe. Du findest ihn hinten im Buch. Dann sieh dir das Blechschild an. In welche Himmelsrichtung musst du den Steuerknüppel des Krans drücken, damit der Lastenarm sich dreht und der Elektromagnet über dem Spinnennetz schwebt?

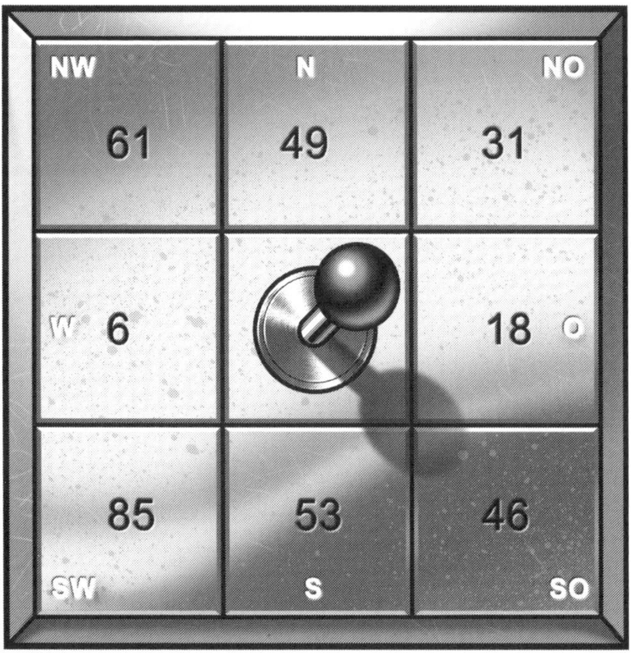

Wenn du die richtige Himmelsrichtung weißt, verrät dir das Blechschild im Kran, bei welchem Textabschnitt das Abenteuer für dich weitergeht.

Du hast Mühe, den Lastenarm in die richtige Himmelsrichtung zu drehen.
Tec muss helfen.
Lies weiter bei 75

27

Die Robospider lassen dich allein. Wild zerrst du am Netz, du rüttelst und ziehst. Für keinen Preis der Welt gibst du auf. Deine Beharrlichkeit wird belohnt. Allmählich löst sich die Schlinge von deinen Händen. Es gelingt dir, eine Hand zu befreien. Schnell kramst du dein Allzweck-Taschenmesser raus und kappst die Stränge des Netzes. Dann rennst du los. Doch ebenso schnell bremst du wieder ab und gehst in Deckung. Ein schwarzer Robospider bewacht den Eingang. Du hast die Spinnenroboter mächtig unterschätzt. Du ziehst den Stopper und baust dich vor dem Robospider auf. Dann zielst du auf seinen *Infrarot*empfänger und drückst ab. Noch ehe der pechschwarze Spinnenroboter reagieren kann, sackt er wie ein leerer Ballon zusammen. Du verlässt dein Gefängnis und schleichst durch einen unterirdischen Gang, der sich nach wenigen Metern teilt. Links endet er in einem Raum.

Du schleichst links weiter.
Lies weiter bei **80**

Du schleichst geradeaus weiter.
Lies weiter bei **60**

Du schleichst rechts weiter.
Lies weiter bei **30**

28

„He, Silent. Ich hab die Werte der Regler 1, 2 und 3 addiert. Aber ich steig trotzdem nicht durch."

„Welches Ergebnis hast du raus?", fragt sie.

„111."

„Richtig! Addiere doch mal die Werte der Generatoren 1, 4 und 7. Welches Ergebnis hast du dann raus?"

„Auch 111.“

„Richtig! Und jetzt addiere mal die Werte der Generatoren 3, 5 und 7.“

„Wieder 111“, antwortest du erstaunt. „Ah, jetzt kapiere ich. Danke, ich weiß jetzt, auf welchen Wert ich den Regler von Generator 8 einstellen muss.“

Lies weiter bei **17**

29

Du hast die Schalter in der richtigen Reihenfolge gedrückt. Prompt springt die Schrottpresse an. Trotz ihrer Größe schnurrt der starke Motor wie ein Kätzchen. Die Presse müsste jetzt die Beute der Robospider zu einem Klumpen zusammenquetschen. Doch du wartest vergebens. Die Presse steht zwar unter Strom, doch es rührt sich überhaupt nichts. Stattdessen stinkt sie fürchterlich nach verbranntem Gummi und pustet rußigen Qualm in die Luft. Wutschnaubend forschst du nach der Ursache. Dann siehst du das Dilemma. Der Motor streikt, weil ein verrostetes Zahnrad klemmt. Die Mutter müsste gelockert werden. Du brauchst

Werkzeug, um den Schaden zu beheben. Eine Brechstange. Oder einen Schraubenschlüssel.

Sieh in deinen Pocket-PC!

Wenn du eine Brechstange in deinem Rucksack bei dir hast, steht die Zahl, bei der das Abenteuer für dich weitergeht, hinter dem Buchstabenkürzel „BS“.

Wenn du zwar eine Brechstange in deinem Rucksack dabeihast und eine Zahl mit dem Kürzel „BS“ in deinem Pocket-PC gespeichert ist, du aber lieber einen Schraubenschlüssel benutzen möchtest, dann lies weiter bei 2

30

Silent rückt näher an dich ran. „Ist dir was aufgefallen? Ein Hinweis vielleicht.“

Du versuchst, dich an etwas zu erinnern. Plötzlich kommt dir ein Gedanke. „Ja, warte!“ Schlagartig bist du hellwach.

„Im Großraumbüro des Haupthauses waren

Symbole in die Fensterscheibe geritzt. Hab sie in meinen Pocket-PC übertragen."

Du kramst das Gerät raus und reichst es Silent.

„Könnten Koordinaten sein", überlegt sie. „Vielleicht haben sie den blauen Robospidern verraten, wo sie das gestohlene Material hintransportieren mussten. Warte mal!" Geräuschlos gleiten ihre Finger über die Tastatur ihres Notebooks, dann zeigt sie auf ihren Monitor. „Seht mal. Überall in der Stadt wurden die gleichen Symbole gesichtet: an Häuserwänden, vor Geschäften, an U-Bahn-Schächten. Etliche Leute haben Fotos gemacht und ins Internet gestellt. Alle fragen sich das Gleiche: Was haben die Symbole zu bedeuten?" Nachdenklich betrachtet Silent die Spinnensymbole in deinem Pocket-PC. „Angenommen", murmelt sie, „die Anzahl der Beine stellen Zahlen dar oder besser noch … Koordinaten!" Sie strahlt euch an. Begeistert von dieser Idee, durchforstet Silent das Internet noch einmal. Sie studiert einen Berliner Stadtplan nach dem anderen. Plötzlich klatscht sie in ihre Hände. „Hey, sieht aus, als wären die Spinnensymbole tatsächlich Stadtplan-Koordinaten. Seht euch das hier mal an. Ich glaube, wir haben das Nest der Robospider ausfindig gemacht!"

Sieh in deinen Pocket-PC!

Wenn du zwei Spinnensymbole in deinem Pocket-PC gespeichert hast, dann verraten sie dir mithilfe des Stadtplans, bei welchem Textabschnitt das Abenteuer für dich weitergeht.
Achtung: Es gibt zwei Möglichkeiten, aber nur eine ist richtig.

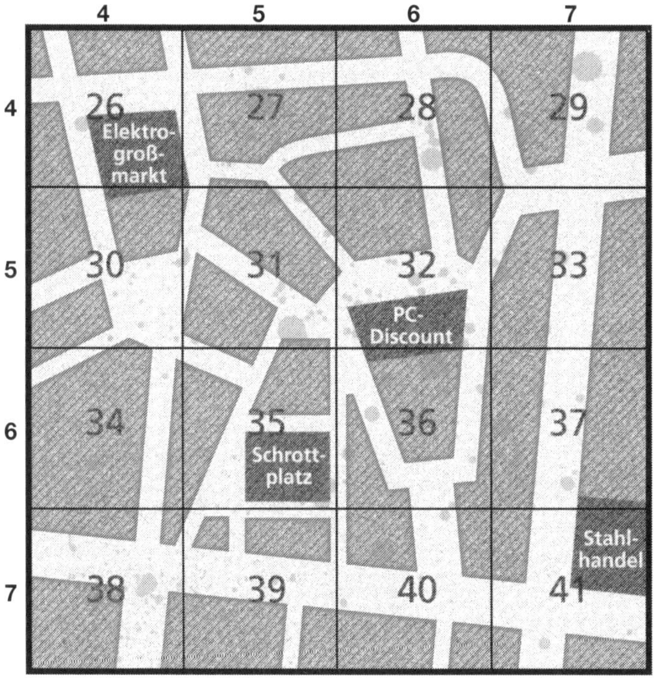

31

Du läufst direkt auf den winzigen Raum zu, in den dich die schwarzen Robospider verschleppt haben. Du bremst ab. Keinen Zentimeter wagst du dich weiter. Schnell kehrst du um. Nach wenigen Metern landest du wieder an der Stelle, an der sich der Gang aufteilt. Wenn du geradeaus weiterläufst, gelangst du bloß wieder zum Spinnennetz, das sich von drinnen nicht öffnen lässt. Wenn du dich aber für links entscheidest, landest du in einem Raum. Rechts zweigt ein Gang ab.

Du schleichst links in den Raum.
Lies weiter bei **80**

Du schleichst rechts weiter.
Lies weiter bei **50**

32

„Lass dich nicht täuschen", warnt Tec dich. „Zwar sehen die Markierungen der Kabel ähnlich aus. Aber wenn du das obere Kabelende ganz genau betrachtest, kannst du drei Ringe nebeneinander erkennen."

„Das hab ich total übersehen. Danke, Tec!"

„Viel Glück."

Lies weiter bei 67

33

Auf der Platine sind vier Lötstellenpaare zu sehen (grau unterlegt). Jeweils eine Lötstelle über und unter den Nummern bilden ein Lötstellenpaar. Welches Lötstellenpaar musst du miteinander verbinden, damit Strom von einem

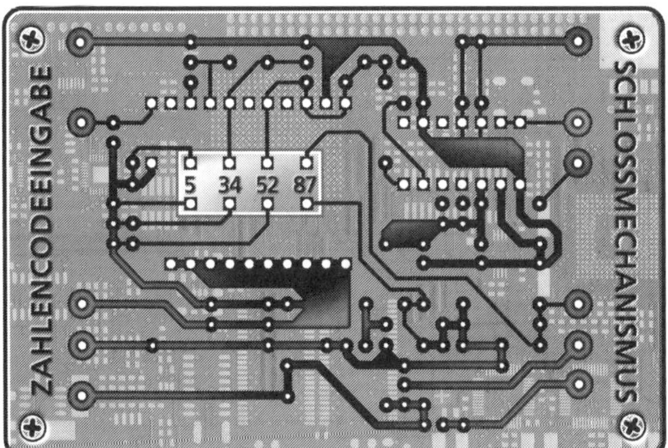

der Kontaktpunkte auf der linken Seite (Zahlencodeeingabe) zu einem der Kontaktpunkte auf der rechten Seite (Schlossmechanismus) fließen kann?

Lies weiter bei der Nummer des Lötstellenpaares, das du miteinander verbunden hast, um das Zahlenschloss kurzzuschließen.

Die Platine verwirrt dich.
Tec muss helfen.
Lies weiter bei **13**

34

Weiter geht es durch modrigen Schlamm und stinkendes Abwasser. Kakerlaken huschen an dir vorbei. Und immer wieder Ratten. Dein Rücken schmerzt schon, obwohl du ein guter Sportler bist. Lange hältst du die Tortur nicht mehr durch.

Ein Lichtblick! In der Ferne rauscht es. Bald hast du es geschafft. Also schnell weiter. Aber halt! Warst du nicht schon mal an dieser Stelle? Na klar. Du bist wieder bei der stinkenden Kloake gelandet. Bevor du dich übergibst, machst du schleunigst kehrt und krabbelst im Eiltempo zurück zur Abzweigung. Du freust dich, als du deinen eingeritzten Pfeil im Beton entdeckst. Silents Tipp war Gold wert. Der Pfeil zeigt nach links. Daneben steht „Eingang“. Du strahlst. Dann geht es also rechts weiter. Schnell malst du „Kloake“ an die Rohrwand und einen Pfeil in die Richtung, aus der du soeben hergekrochen bist.

Lies weiter bei **71**

35

Du bist erleichtert. Ihr habt das Versteck der Robospider ausfindig gemacht.

„Wie wollen wir jetzt vorgehen?“, fragst du angespannt.

Silent steht auf und zieht eine Wasserflasche aus ihrer Sporttasche. „Wenn ich die Zeichen richtig deute, haben sich die Robospider einen Platz gesucht, an dem sie sich in Ruhe klonen können.“ Sie setzt die Flasche an und trinkt.

„Du meinst, sie haben sich eine Werkstatt gebaut?“

„Ja, oder was Ähnliches“, stimmt Tec dir zu.

„Wenn es wahr ist, müssen wir sie genau da aufhalten. Du solltest dort unseren grünen Robospider aussetzen. Allerdings komplett. Leider wird er nur mit dem richtigen Akku lebendig."

Seufzend nickst du.

Silent setzt sich zurück an ihren Platz. „Ich hab den Steuercode studiert. Zwar können Robospider Stimmen aufnehmen, aber nicht hören, so wie wir Menschen. Sie unterscheiden bloß hell und dunkel. Folglich reagieren sie nur, wenn sich etwas Dunkles vor hellem Hintergrund bewegt. Außerdem hat Tec unter ihren Beißzangen eine *Infrarot*schnittstelle entdeckt."

„Stand im Bauplan", verrät Tec.

„Über diese Schnittstelle können sie Befehle empfangen", fährt Silent fort. „Wie bei einer Fernbedienung. So können sich die Spinnenroboter gegenseitig erkennen und miteinander Informationen austauschen oder Befehle empfangen. Und genau das ist unser Vorteil."

Tec drückt dir jetzt einen Autoschlüssel in die Hand. „Während du im Kraftwerk warst, hab ich die Zentralverriegelung frisiert. Silent hat sie dann mit einem Robospider-Befehl umprogrammiert."

Tec nimmt den Schlüssel und hält ihn hoch. „Dieser Knopf verriegelt normalerweise ein Auto.

Jetzt aber schaltet er nur noch Robospider ab. Den anderen Knopf kannst du vergessen. Hab ihn sicherheitshalber ausgebaut. Hab das Baby übrigens Stopper getauft."

Du lachst.

Tec sieht irritiert in die Runde. „Was ist mit dem Namen?"

Du schüttelst den Kopf. „Nichts! Er klingt nur so …"

„Sag doch gleich, dass er albern klingt", bemerkt Silent beiläufig.

Tec verteidigt sich. „Was Besseres ist mir nicht eingefallen. Oder hätte ich das Ding Robospider-Ausschalt-Fernsteuerung nennen sollen? Klingt genauso blöd."

„Einigen wir uns auf Stopper", schlägst du vor und steckst ihn in die Hosentasche. Du bist bereit, den Spinnenrobotern ihre Suppe kräftig zu versalzen. Zwar ist dir nicht besonders wohl bei der Sache, doch gemeinsam mit deinen Freunden wirst du es schaffen. Davon bist du ganz fest überzeugt. Du ziehst die Regenjacke über, schulterst den Rucksack und machst dich auf den Weg. Dein Ziel: ein verlassener Schrottplatz irgendwo außerhalb Berlins.

70

24. Oktober 2017, 20:31 Uhr, VOR DEM SCHROTTPLATZ

Nur zögernd näherst du dich dem einsam gelegenen Ort. Du versteckst dich etwas abseits in einem kleinen Wäldchen, um dir einen ersten Überblick zu verschaffen. Im Gegensatz zum Solarkraftwerk wird der Schrottplatz von allen Seiten mit grellem Flutlicht beleuchtet. Ringsum ist das Gelände von einem hohen Wellblechzaun umgeben. Schreckliche Geräusche dringen zu dir herüber: Kreischen, Zischen und Sägen.

„Wieso wird das Tor nicht bewacht?“, wundert sich Silent.

„Du hast Recht.“ In deinem Magen spürst du es leicht rumoren. Einen kurzen Augenblick sammelst du Mut. Dann bist du so weit. Vorsichtig schleichst du aus dem Wäldchen. Doch du gehst sofort wieder in Deckung. Vor dem Tor ist wie aus heiterem Himmel ein Robospider aufgetaucht. Sein Anblick lässt dein Blut in den Adern gefrieren. Es ist weder ein harmloser blauer, noch ein angriffslustiger roter Spinnenroboter. Dieses Exemplar ist doppelt so groß. Sein tiefschwarzer Körper ist auf dem hinteren Drittel signalrot gefleckt. Er ist das exakte Roboterabbild einer

Schwarzen Witwe, einer ziemlich giftigen Spinnenart. Am liebsten würdest du auf der Stelle abbrechen und dich in dein gemütliches Zimmer zurückziehen. Doch das Schicksal Berlins liegt jetzt allein in deinen Händen. Schließlich reißt du dich zusammen. Du hast bisher gute Arbeit geleistet und keinen Schaden genommen. Also wirst du den letzten Schritt auch noch heil durchstehen. Regungslos verharrst du in deinem Versteck und beobachtest jede Bewegung des schwarzen Spinnenroboters. Da endlich macht er sich davon. Du nutzt die Chance und schleichst vorsichtig auf das Tor zu.

Lies weiter bei **84**

36

Deine Freunde sehen dir an, dass du frustriert bist. Du konntest keinen Robospider-Metallkörper für sie auftreiben.

Mitfühlend legt Tec seinen Arm um deine Schultern. „Kein Problem. Ich gebe dir alle Teile mit. Wenn du einen Metallkörper findest, erkläre ich dir über *TeamSpeak*, wie du ihn mit den Spinnenroboter-Beinen zusammensetzt. Und vergiss hinterher nicht, den Robospider grün zu markieren, damit du ihn besser von den anderen unterscheiden kannst.“

Tecs Trost macht dir Mut. Du verstaust die Spinnenroboter-Beine und die Sprühdose mit grüner Farbe im Rucksack.

Lies weiter bei 37

37

Die meisten Teile für euren eigenen Robospider hast du nun zusammen. Aber bevor du dich auf die Suche nach dem fehlenden Akku begibst, ruhst du dich noch einen Moment aus. Draußen nieselt es unaufhörlich und es ist windig und kalt. Da kommt dir so ein warmes Plätzchen wie euer geheimes Versteck gerade recht. Du sitzt da und beobachtest deine Freunde an ihren Notebooks.

Plötzlich sieht Silent von ihrer Tastatur auf. „Hab schon wieder eine E-Mail vom Bürgermeister bekommen. Er drängelt. Jetzt werden auch schon Elektronikmärkte von den Robospidern geplündert.“ Fassungslos schüttelt sie den Kopf.

„Wenn wir bloß wüssten, wohin sie die Sachen bringen. Und was sie mit den *Solarmodulen* vorhaben!“

Sieh in deinen Pocket-PC!

Wenn du zwei Spinnensymbole in deinem Pocket-PC gespeichert hast, dann lies weiter bei **30**

Wenn du keine zwei Spinnensymbole in deinem Pocket-PC gespeichert, dafür aber einem blauen Robospider heimlich deinen Peilsender angeheftet hast, dann lies bei der Zahl weiter, die hinter dem Kürzel „PS“ steht.

38

„Warten Sie, ich befreie Sie“, rufst du und zerrst dein Allzweck-Taschenmesser raus. Entschlossen hockst du dich vor das Schlüsselloch und stocherst mit einem Dietrich darin herum. Doch es klappt nicht.

„Halten Sie durch, ich hab’s gleich!“, rufst du.

Im gleichen Moment bleibt dein Blick an etwas Glänzendem in der Flurecke hängen.

„Ich glaub es nicht“, raunst du deinen beiden Freunden zu. „Da liegt ein Schlüsselbund neben der Zimmerpalme.“

Du schnappst ihn dir und fächerst die Schlüssel auseinander. Doch es sind zu viele. Es wird ewig dauern, den passenden Schlüssel zu finden. Eilig kramst du die Taschenlampe raus und leuchtest ins Schlüsselloch.

„Jep“, freust du dich. „Da ist ein Muster. Hab gleich den richtigen Schlüssel.“

Lies weiter bei 48

39

Leider besitzt du kein „Handbuch für Kranführer“. Du versuchst, den Kran ohne Anleitung zu steuern. Neben den Hebeln erklärt ein kleines Blechschildchen, wie der Lastenarm zu bewegen ist. „Kapierst du das?“, fragst du Silent. „Es sind bloß Zahlen und daneben Buchstabenkürzel.“

Silent überlegt. „Das sind Himmelsrichtungen. Vielleicht hilft der Plan vom Schrottplatz, den

Lastenarm genau auf das Spinnennetz zu richten, damit der Elektromagnet dann exakt darüber schwebt.“

Lies weiter bei 26

40

In der Hütte ist es sehr eng. Das karge Mobiliar schlummert unter einer feinen Schmutzschicht vor sich hin. Es stinkt nach moderndem Holz. Ein klobiger Tisch in der Mitte nimmt fast die Hälfte des Raumes ein. Werkzeug, Blechschilder und allerlei Dosen rosten in den Regalen vor sich hin. Schubladen hängen halb aus einem ausrangierten Küchenschrank oder liegen zerborsten herum. Vorsichtig näherst du dich der Stirnseite der Hütte. Sandkörner knirschen unter deinen Schuhsohlen. Mit dem feuchten Ärmel deiner Jacke reibst du ein Guckloch in die blinde Scheibe vor dir. Hinter der Hütte ragt ein baumdicker Holzpfahl aus dem Sandboden. Auf Kopfhöhe hängt ein völlig verrosteter Kasten, aus dem zwei dicke Stromleitungen heraus- und hoch über den Platz führen. Leider kannst du nicht erkennen, wohin der Strom geleitet wird. Ein Schrottberg versperrt dir die Sicht. Schließlich machst du kehrt. In der Hütte gibt es nichts Besonderes zu entdecken. Doch vor der Tür bleibst du stehen. Unter einer schmutzigen Wolldecke zeichnet sich die Form einer Kiste ab.

Du verlässt die Hütte.
Lies weiter bei 53

Du öffnest die Kiste.
Lies weiter bei 12

41

Du kramst einen Robospider-Metallkörper aus dem Rucksack und überreichst Tec deine Ausbeute.

„Darin stecken der empfindliche Computerchip und die acht Motoren für die Beine“, erklärt dein Freund. Sofort beginnt er, den Robospider zusammenzubasteln. Nach nur wenigen Minuten drückt er dir schließlich euren eigenen grün markierten Spinnenroboter in die Hand.

Während du ihn im Rucksack verstaust, erklärt

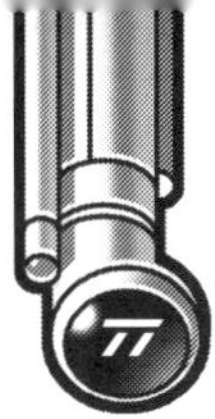

Tec: „Leider lässt er sich nicht einschalten, weil der Akku noch fehlt. Er hat eine außergewöhnliche Würfelform. An so was kommt man schlecht ran. Du musst unbedingt einen finden.“

Speicher „RS55“ in deinem Pocket-PC!

Lies weiter bei 37

42

Geschickt kletterst du den Schrottberg runter und schleichst dich an einem kleineren Hügel vorbei, bis nah an die Schrottpresse heran. Du wartest ab, bis auch der vorerst letzte blauer Robospider seine Beute darin abgeladen hat. Dann erst näherst du dich der Maschine und begibst dich auf die Suche nach einer Vorrichtung, um die Schrottpresse einzuschalten. Du findest einen Schaltkasten. Doch um die Presse in Gang zu setzen, müssen vier Schalter gedrückt werden. Allerdings gibt es ein Hindernis: die Reihenfolge, in der die Schalter gedrückt werden, ist dabei entscheidend.

Lies weiter bei 43

43

Erst wenn du die vier Schalter in der richtigen Reihenfolge drückst, lässt sich die Schrottpresse anstellen.

Das Ergebnis der Rechenaufgabe führt dich zum nächsten Textabschnitt.

Du bekommst ständig ein falsches Ergebnis raus. Silent muss helfen.
Lies weiter bei **88**

44

Tec studiert Stecker und Buchsen auf seinem Notebookbildschirm. „Ist ganz einfach. Nimm das Lineal vom Allzweck-Taschenmesser und miss den Durchmesser des Steckers. Vergleiche ihn dann nacheinander mit den Durchmessern der einzelnen Buchsen. Buchse 2 und 27 kannst du dir sparen. Sind viel zu schmal. Und Buchse 44 ist viel zu breit. Scheidet auch aus."

Lies weiter bei 74

45

Nur mit einer Menge Mut wagst du dich auf das gespenstische, von Flutlichtern taghell erleuchtete Gelände. Jeden Winkel um dich herum versuchst du im Auge zu behalten. Platt gequetschte Autowracks wurden kunstvoll zu hohen Türmen aufgestapelt. Ein Turm nach dem anderen, in Reih und Glied. Nicht mal ein heftiger Sturm könnte sie umstoßen. Ein Schrottberg auf der rechten Seite ragt in schwindelerregende Höhe. Von oben hättest du einen guten Überblick über den Platz. Vielleicht später.

„Sieht nicht besonders einladend aus. Sei bloß vorsichtig“, ermahnt dich Silent.

Plötzlich spazieren zwei schwarze Robospider um die Ecke. Hinter Säulen aus aufgetürmten Autoreifen gehst du in Deckung. Gemächlich marschieren die beiden Metallkreaturen an dir vorbei. Als sie außer Sichtweite sind, entschließt du dich, einen nicht ganz so steilen Schrotthügel hinaufzuklettern. Der Nieselregen hat einen gefährlich glitschigen Film auf das Metall gelegt. Du krallst dich am Schrott fest, um nicht abzurutschen. Ständig musst du fest zupacken und Halt suchen.

Schließlich erreichst du einen sicheren Platz inmitten von ausgedienten Auspuffrohren, Waschmaschinen und Rippenheizungen. Da oben hast du einen perfekten Überblick. Eine Weile beobachtest du das Treiben der Spinnenroboter unten am Boden. „He, die blauen Spinnenroboter krabbeln durch ein Schlupfloch im Wellblechzaun hier rein. Seltsam, sie tragen ihre Beute zu einer Schrottpresse. Wozu klauen sie den ganzen Kram, wenn sie ihn sowieso platt machen wollen?“

„Vielleicht lagern sie das Zeugs darin?“, überlegt Tec.

Achselzuckend kramst du deinen Pocket-PC aus dem Rucksack und zeichnest einen Plan vom Schrottplatz mit der genauen Lage der Schrottpresse. Auch die Wellblechhütte links daneben malst du hinein. Dein Blick schweift weiter über das Gelände zu einem Kran. An seinem Haken hängt ein reifengroßer Elektromagnet. Auch ihn zeichnest du ein.

Plötzlich machst du eine erstaunliche Entdeckung. „Seht ihr das? Die Robospider versperren irgendwas am Fuß des Schrottbergs mit einem Spinnennetz. Das Netz besteht aus armdicken Rohren. Cool. Die können sich wie Teleskoparme zusammenziehen. Sieht aus, als wenn sie damit einen Tunnel abriegeln. Ich zeichne ihn in den Plan mit ein. Wartet! Ich übertrage eine Kopie auf eure Notebooks."

Du brauchst den Plan nicht abzuzeichnen. Wenn du dir Notizen machen möchtest, benutze dafür den Schrottplatz-Plan im Anhang dieses Buches.

Der Pocket-PC landet wieder im Rucksack. „Wie wollen wir jetzt vorgehen?"

„Wir studieren grad deinen Plan", antwortet Silent und seufzt nachdenklich. „Ob der Kran noch funktioniert – oder die Schrottpresse? Stellt euch vor“, überlegt sie weiter. „Wenn die Schrottpresse noch läuft, könntest du sie anschmeißen und die ganze Beute der Robospider mit einem Schlag zerstören.“

„Geniale Idee!“, jubelt Tec. „So können wir schon mal eine Menge Nachschub an Roboterkopien verhindern. Und mit dem Elektromagneten am Haken des Krans könntest du die Spinnenroboter berühren. Damit ist nicht nur ihr wertvoller Computerchip im Metallkörper erledigt, sondern sie bleiben auch noch dran kleben.“ Tec lacht.

„Also los, worauf warten wir.“ Voller Tatendrang erhebst du dich. „Mit euren genialen Ideen wird es uns doch wohl gelingen, Berlin von dieser Invasion zu befreien, oder?“

„Klare Sache“, stimmt Tec dir zu.

Silent dagegen betrachtet die Lage nüchterner und erwidert trocken: „Vorausgesetzt, Kran und Schrottpresse sind noch intakt.“

Geschickt kletterst du den gewaltigen Berg aus verrostetem Metall, muffigen Polstern und abgewetzten Autoreifen runter. Nach einer ziemlich anstrengenden Klettertour betrittst du endlich wieder den matschigen Boden des Schrottplatzes.

Du schleichst zum Kran.
Lies weiter bei 23

Du schleichst zur Schrottpresse.
Lies weiter bei 4

46

Es war zwar ziemlich anstrengend, den Elektromagneten exakt vor dem Spinnennetz zu positionieren. Aber du hast es geschafft. Er schwebt jetzt so nah über dem Boden, dass jeder Robospider, der sich ihm leichtsinnig nähert, augenblicklich angezogen wird und daran kleben bleibt. Aber nicht nur das. Die Kraft des Magneten zerstört auch ihre empfindlichen Schaltkreise und macht sie unschädlich. Du fühlst dich so gut, dass du deine Höhenangst überwindest, über den Lastenarm hinweg bis zur Spitze kletterst und dich am Seil bis zum Magneten herunterlässt. Ein letzter gewagter Sprung und du stehst vor dem mysteriösen Spinnennetz.

Automatisch ziehen sich die armdicken Rohre des Netzes wie Teleskoparme zusammen und geben den Zugang frei. Kaum stehst du im Tunnel unter dem Schrottberg, schließt sich der Zugang wieder. Vom Ende des Tunnels hörst du hässliche Geräusche. Und die klingen alles andere als einladend. Am liebsten würdest du sofort verschwinden. Der Angst einflößende Klang emsiger Spinnenroboterbeine hallt dir entgegen. „He, Leute. Der Tunnel führt anscheinend zu einer Höhle. Die Robospider sind da drinnen. Und es sind viele.“

Du nimmst den Stopper in die Hand. Im Gang kannst du ganz bequem aufrecht stehen. Winzige Lämpchen im Boden lassen dich das Nötigste erkennen. Die Wände sind mit dicken Metallplatten verkleidet. Sie schimmern in tiefem, fast schwarzem Blau. Plötzlich bewegt sich was in Augenhöhe neben dir. Du drehst deinen Kopf zur Seite. Es ist eine Spinne. Eine lebendige. Du grinst sie an. Nach allem, was du mit den Spinnenrobotern ertragen musstest, freust du dich darüber. Ein Treffen mit den Spinnenrobotern dagegen möchtest du unter allen Umständen vermeiden. Immer wieder hallen dir eigenartige Geräusche entgegen. Und der Gang führt dich immer weiter in die Tiefe. Nach wenigen Metern teilt er sich. Rechts entlang geht er in einen Raum über.

Lies weiter bei ***80***

47

Du schwitzt Blut und Wasser. Wenn nur diese unberechenbaren schwarzen Metallmonster nicht wären … Bis jetzt hast du Glück gehabt. Noch ist dir keine dieser angriffslustigen Kreaturen über den Weg gelaufen. Langsam näherst du dich dem mysteriösen Spinnennetz. Dahinter verbirgt sich ein Tunnel. Er führt mitten ins Herz des Schrottbergs. Wie gebannt starrst du das Angst einflößende Gestell an. Schnell wechselst du rüber auf die andere Seite und kletterst auf einen kleineren Schrottberg direkt neben der Schrottpresse. Oben schleichst du weiter Richtung Kran. Gleich hast du es geschafft. Jetzt wirfst du einen Blick in die Runde. Weit und breit sind weder rote noch schwarze Robospider in Sicht. Geschickt balancierst du über das Dach eines verrosteten Lieferwagens. Schließlich erreichst du unbemerkt dein Ziel. Endlich sitzt du im Kran. Sogar der Schlüssel steckt noch. Du willst ihn rumdrehen, doch das Schloss weigert sich.

„Es klemmt“, sagst du.

„Sind die Sicherungen drin?“, fragt Tec. „Sieh unter dem Steuerknüppel nach.“

Du beugst dich vor. Dabei siehst du, dass sämtliche Sicherungen des Krans verstreut auf dem verdreckten Boden liegen.

Du steckst sie wieder zurück in die Halterung und drehst den Zündschlüssel. Doch es rührt sich noch immer nichts.

Tec wundert sich. „Was ist los?"

„Weiß nicht. Die Sicherungen sind jedenfalls drinnen!"

„Zeig mal."

Du kriechst wieder runter und zeigst Tec die Halterung.

„Ah, ich hab es. Liegt an einer einzigen Sicherung. Probier die alle mal durch. Dann findest du die Richtige."

Lies weiter bei 54

48

Welcher Schlüssel passt ins Schloss?

Addiere die Zahl des Schlüssellochs zur Zahl des passenden Schlüssels. Die Summe ergibt die Nummer des nächsten Textabschnitts.

Für dich sehen fast alle Schlüsselbärte
gleich aus. Du brauchst Hilfe.
Lies weiter bei **10**

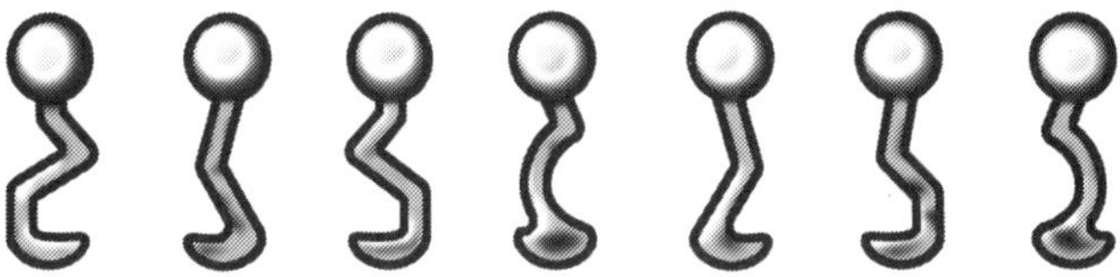

31 14 39 25 58 22 7

49

Du greifst zur Brechstange. Laut klappt der Deckel der Kiste zu. Plötzlich horchst du auf. Auf dem Dach krabbeln Robospider. Du rührst dich nicht von der Stelle. Hockend wartest du ab.

Schließlich machen sich die Robospider davon. Erleichtert spähst du durch die Tür. Draußen ist die Luft wieder rein. Mit der Brechstange in der Hand kehrst du auf schnellstem Weg zur Schrottpresse zurück.

Lies weiter bei **78**

50

Nach ein paar Schritten prallst du kurz hinter einer Biegung beinahe mit zwei schwarzen Robospidern zusammen. Sofort stürzen sie auf dich los. Doch du kannst entkommen. Du rennst geradewegs in eine riesige Halle, in der Container stehen. Wahllos springst du in den erstbesten Metallkasten, legst dich auf die Seite und klammerst dich an deinen kostbaren Rucksack. Zitternd liegst du da und hoffst, dass die schwarzen Ungetüme dich nicht finden. Du kannst hören, wie sie jeden einzelnen Container minutenlang unter die Lupe nehmen. Sie krabbeln rein, tasten drin herum und stürzen sich nach gründlicher Suche auf den nächsten. Mit verschwitzter Hand umklammerst du den Stopper.

Schließlich gesellen sich die beiden schwarzen Robospider auch zu dir in den Container. Sie krabbeln über dich rüber und krallen sich an dir fest. Doch du bleibst eisern und bewegst dich nicht. Neugierig tasten sie dein Gesicht ab. Leise Motoren surren über deinem Ohr. Kaltes Metall drückt auf deine Wange. Am liebsten würdest du schreiend aufspringen. Im selben Moment erstarren die Robospider über dir. Wie auf Kommando stürzen sie raus und rasen aus der Halle. Das Klackern ihrer metallenen Beine wird leiser.

Vorsichtig lugst du über den Rand des Containers. Sie sind weg. Tausend Kilo Felsbrocken fallen dir vom Herzen. Du verstaust den Stopper wieder in der Tasche, wischst dir die verschwitzte Hand trocken und kletterst auch aus dem Container. Du siehst dich um. Wo bist du gelandet?

Lies weiter bei **80**

51

Das Wesen scharrt mit seinen Krallen über den Teppich. Bei derartigen Geräuschen stehen dir augenblicklich sämtliche Nackenhaare zu Berge.

Dennoch hindert es dich nicht daran nachzusehen, was es ist. Also linst du um die Ecke. Es ist bloß ein blauer Arbeiter-Spinnenroboter. Seelenruhig zerlegt er einen Kopierer. Er müsste dich sehen können, aber er beachtet dich nicht.

„Was meinst du?“, fragt Tec plötzlich. „Vielleicht solltest du ihn auseinandernehmen und mir seinen Metallkörper bringen. Dann brauchst du nicht den ganzen Roboter mit dir rumzuschleppen.“

„Nicht schlecht! Das würde uns einen großen Schritt voranbringen.“

„Richtig“, stimmt Silent dir zu.

Du siehst dich um. Weit und breit ist kein einziger roter Wächter-Spinnenroboter zu sehen. Sie würden dir nicht in die Quere kommen. Die Gelegenheit wäre also günstig.

Eine zweite Chance wirst du vielleicht nicht bekommen. Also packst du den blauen Arbeiter-Spinnenroboter und drehst ihn auf den Rücken. Der kleine Kerl ist ziemlich stark. Er wehrt sich mit ganzer Kraft. Doch du hältst ihn fest in der Hand und drückst seine Beine mit deinen Knien zur Seite. An seinem Bauch gibt es eine Klappe. Du machst sie auf. Mit einem Ruck hältst du den Stecker, der in einer von fünf Buchsen steckt, in der Hand. Der Robospider erschlafft sofort. Seine blauen *LED*-Augen erlöschen. Du freust dich. Dein Instinkt hat dich nicht getäuscht.

Du holst dein Allzweck-Taschenmesser raus, klappst den Schraubenschlüssel raus und baust den blauen Metallkörper des Spinnenroboters ab. Stolz begutachtest du deine Beute. Hoffentlich passt das Teil mit den Beinen aus dem Labor zusammen. Da entdeckst du am Metallkörper eine Nummer.

Speicher die Metallkörpernummer
„MK41“ in deinem Pocket-PC!

Schnell verstaust du die Sachen im Rucksack und stehst auf.

Lies weiter bei 5

52

Du hast die losen Kabelenden mit dem richtigen Kabelrest repariert und somit den Kran und die Schrottpresse wieder mit Strom versorgt. Beide Lämpchen „Strom: Schrottpresse“ und „Strom:

Magnetkran“ leuchten auf. Du kannst dich nicht entscheiden, womit du dich zuerst befassen willst. Mit dem Magnetkran und seinem Elektromagneten oder der Schrottpresse?

Du schleichst zum Kran.
Lies weiter bei 47

Du schleichst zur Schrottpresse.
Lies weiter bei 42

53

Du lehnst dich gegen den Türrahmen und wirfst einen raschen Blick über das Gelände. Weit hinten, am Ende des Platzes, schaffen blaue Robospider weiterhin emsig Elektronikteile herbei. Doch die kümmern dich nicht. Weitaus mehr Sorge bereiten dir die schwarzen Spinnenroboter. Aber die Luft ist rein. Noch! Mit einem flauen Gefühl im Magen verlässt du deinen sicheren Unterschlupf.

Du schleichst hinter die Wellblechhütte, um dir den rostigen Kasten näher anzusehen. Lies weiter bei 11

Du siehst dich weiter auf dem Schrottplatz um.
Lies weiter bei 45

54

Du siehst acht Halterungen für die Sicherungen des Krans. Auf dem Boden verstreut liegen acht Sicherungen. Damit der Kran anspringt, muss aber nur eine Sicherung in die dazu passende Halterung gesteckt werden. Auf der passenden Halterung findest du die gleichen Symbole wie auf der Sicherung. Welche Sicherung ist die richtige?

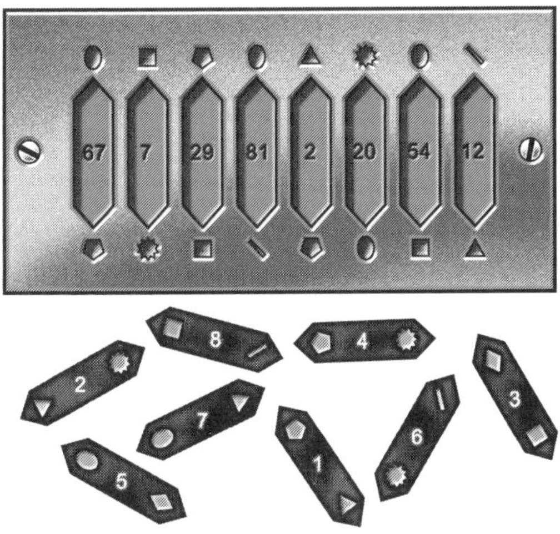

Addiere die Zahl der richtigen Sicherung mit der Zahl der passenden Halterung. Das Ergebnis führt dich zum nächsten Textabschnitt.

Die vielen Symbole auf den Sicherungen verwirren dich. Tec muss helfen.
Lies weiter bei 89

55

Du bist erleichtert. In einem der Container lagern tatsächlich Akkus verschiedener Größe. Zur besseren Unterscheidung tragen sie unterschiedliche Nummern.

Tec freut sich mit dir. „Los, nimm dir einen! Du wirst ihn für unseren grünen Robospider brauchen.“

Ächzend kletterst du in den geräumigen Container und probierst einen Akku nach dem anderen aus.

Lies weiter bei 63

56

„Sie haben Ihr Ziel erreicht“, sagt die Frauenstimme des Navigationssystems. Vorsichtig bremst du ab. Du hältst dich an einem Eisenzaun fest.

„Das soll die Technische Universität sein?“, fragst du irritiert.

Silent lacht. „Klar. Ein paar dieser alten Häuser gehören dazu. Aber keine Sorge, es gibt auch ein Hauptgebäude. Ein moderner Kasten aus Stahl, Beton und Glas.“

Gemächlich rollst du über einen kleinen Hof mit Brunnen zum Eingang. Studenten kommen dir entgegen. Du packst den Türgriff und gleitest in das Gebäude. Drinnen setzt du den Helm ab, ziehst Rollerblades, Knieschoner und Ellbogenschützer aus und verstaust die Sachen im Rucksack. Dann schlüpfst du in deine Schuhe und klemmst dein *Headset* hinters Ohr.

„Okay, hab wieder ein Bild“, meldet Tec.

Silent beschreibt dir, wo sich das Labor der Studenten befindet. Sofort machst du dich auf den Weg. Auf der zweiten Etage gehst du rechts in einen langen Gang und bremst schlagartig ab. Ein stämmiger Mann in einem blauen Overall kommt dir entgegen. Sieht aus wie der Hausmeister. „Geh weiter! Wenn du umkehrst, machst du dich verdächtig“, flüstert Silent. „Und sieh ihm bloß nicht in die Augen.“

Also interessierst du dich im Vorbeigehen eingehend für die langweiligen Schilder an den Türen. Sicher wird dich der Typ gleich packen und rausschmeißen. Schließlich hast du hier nichts verloren. Für einen Studenten bist du eindeutig zu jung.

„Rüdiger“, hallt es mit einem Mal durch den Gang.

Der Mann dreht sich um und brummt: „Was denn?“

„Der Computer hat mal wieder seinen Geist aufgegeben. Die Abschrift muss aber heute dringend noch raus ...“

„Komme ja schon.“ Er macht kehrt. Doch bevor er im Büro der Frau verschwindet, wirft er dir noch einen seltsamen Blick zu.

Wenige Schritte nur, dann stehst du vor der Labortür. „Verdammt, ein Zahlenschloss.“ Ängstlich siehst du den Gang hinunter.

„Kein Problem“, beruhigt Silent dich. „Hab den Zugangscode von den Studenten erhalten. Gib 1, 3 und 8 ein.“

Flink tippst du mit dem Zeigefinger über das Tastenfeld und starrst dann die Tür an. „Es tut sich nichts. Die haben den Code geändert“, sagst du nervös.

„Verdammt! Um den Code zu knacken, bleibt uns keine Zeit. Der Hausmeister könnte jeden Moment wiederkommen. Du musst das Zahlenschloss kurzschließen“, schlägt Tec vor.

Schnell fingerst du dein Allzweck-Taschenmesser raus und schraubst die Verschalung vom Zahlenschloss ab. Eine ziemlich verwirrende Platine kommt zum Vorschein.

Lies weiter bei 33

57

Du krabbelst nun weiter durch den stinkenden Schlamm. Widerliche Kakerlaken huschen an dir vorbei. Und ständig diese lästigen Ratten. Je weiter du kriechst, desto lauter wird ein Rauschen in der Ferne. Du spürst einen Windzug. Vor dir erscheint eine Öffnung. Gleich hast du es geschafft. Endlich wieder freien Himmel über dem Kopf. Doch zum Glück springst du nicht einfach nach draußen, denn der kleine Stein, den du versehentlich mit dem Schuh weggestoßen hast, stürzt in einen tiefen Abgrund, ehe er platschend im Wasser landet. Vorsichtig wagst du dich an den Rand des Rohrs. Tief unter dir befindet sich ein riesiges Kloakebecken. Der ekelhafte Gestank wabert dir geradewegs in die Nase. Dir wird speiübel. Bloß nicht auch noch übergeben! Auf der Stelle machst du kehrt. Doch da wartet bereits das nächste Übel. Zwei rot leuchtende *LED*-Augen starren dich an. Ein roter Robospider versperrt dir den Weg. Ständig macht er einen Satz vor, als wollte er auf dich losgehen.

„Leute, schnell“, brüllst du panisch. „Ein Robospider. Ich sitze in der Klemme!“

„Ich sehe ihn auf meinem Monitor“, antwortet Silent bemüht ruhig.

Der Robospider springt wieder eine Schrittlänge auf dich zu. Ängstlich zuckst du zurück. Was sollst du nur machen? Gleich hinter dir lauert der tiefe Abgrund.

„Nun sagt schon! Was soll ich machen?“, flüsterst du.

Silent versucht Ruhe zu bewahren: „Lass mich nachdenken. Halt, ich hab’s. Robospider können nur Dunkles vor Hellem erkennen. Wenn du dich still verhältst, macht er sich bestimmt gleich wieder von selbst davon."

„Spinnt ihr? Das klappt nie. Außerdem krieg ich einen Krampf in der Wade. Das halte ich nicht durch."

„Na los, du schaffst es", feuert Tec dich an.

Doch du ignorierst den Rat deiner beiden Freunde. „Verschwinde!", brüllst du den Robospider an. Wütend kickst du stinkenden Schlamm auf den Robospider. Immer und immer wieder. Doch leider macht es ihn nicht nur blind, sondern auch ziemlich wild. Wie angestochen stürzt er schwankend auf dich zu. Instinktiv packst du das orientierungslose Metalltier an seinen Vorderbeinen und schleuderst es aus dem Abwasserrohr. Du bist erleichtert, als es mit lautem Platsch in der finsteren Brühe versinkt.

„Wie hast du das denn gemacht?" Tec staunt.

„Weiß auch nicht."

Auch Silent ist beeindruckt: „Gut gemacht. Eine glatte Eins."

Doch Zeit zum Verschnaufen bleibt dir nicht. Denn da ist er plötzlich wieder – der ekelhafte Gestank, der dich weitertreibt. Nach wenigen Metern landest du wieder an der Stelle, an der sich das Abwasserrohr teilt.

Du kriechst links weiter.
Lies weiter bei 15

Du kriechst rechts weiter.
Lies weiter bei 71

58

Kaum steckt der Stecker in der passenden Buchse, leuchten rote *LED*-Lichter über den Beißzangen des Robospiders auf.

„Sieht cool aus“, flüsterst du, „wie Augen“ und hältst ihn mit ausgestrecktem Arm hoch, um ihn ausgiebig zu mustern. „Scheint völlig harmlos zu sein.“

„Trotzdem solltest du jetzt …“ Doch weiter kommt Silent nicht. Denn mit einem Mal wird der Robospider lebendig und schlägt mit seinen Roboterbeinen wild um sich.

Ängstlich lässt du ihn fallen. Doch die Metallkreatur rappelt sich auf und springt dir vor die Füße. Du weichst aus. Mit den kräftigen Zangen ihrer metallenen Beine packt sie deine Füße. Augenblicklich stürzt du der Länge nach hin. Du rollst zur Seite, greifst nach der Tischplatte und ziehst dich hoch. Der Robospider klettert an dir hinauf. Du schüttelst dich wie wild. Dumpf schlägt der Robospider auf dem Plastikfußboden auf. Doch sofort bäumt er sich vor dir auf und scheint auf seine doppelte Körpergröße anzuwachsen. Aus seinen Beißzangen schießen messerscharfe *Skalpelle*.

„Er will mich operieren“, zischst du ins Mikrofon.

„Du musst ihn austricksen“, brüllt Tec. „Sonst bist du erledigt!“

„Aber ich komm nicht an ihm vorbei.“

„Los, kletter über den Tisch!“, ruft Silent dir zu.

Atemlos folgst du ihrem Rat. Jetzt trennen dich nur noch wenige Schritte von der rettenden Labortür. Aber der Spinnenroboter hat deine Absicht längst erkannt und sich drohend davor aufgebaut. Wütend macht er einen Satz auf dich zu, als dir im selben Moment ein rettender Gedanke durch den Kopf schießt. Ist jemand im Flur? Nein. Also schnappst du den Papierkorb, stülpst ihn über den Spinnenroboter und drückst fest mit der Hand drauf, um mit der freien Hand die Tür aufzureißen. Erst als du draußen bist, lässt du den Papierkorb los. Laut knallt die Tür hinter dir zu.

Ohne dich umzusehen, rennst du die zwei Etagen runter, in Sicherheit vor Hausmeistern und wild gewordenen Robospidern. Endlich unten angekommen sagst du keuchend: „Ihr glaubt es nicht, aber ich hab es geschafft. Ich bin der Kreatur tatsächlich entkommen.“

Lies weiter bei 69

59

Klopft da jemand von drinnen gegen die Küchentür? Du erstarrst. Jemand ruft um Hilfe. Sachte legst du ein Ohr an die Tür. Klagende Stimmen. Ist es eine Falle? Du nimmst dir ein Herz und gibst dich zu erkennen: „Hallo?“

Schlagartig verstummt das Gezeter und schlägt in eine gespenstische Stille um. Im selben Moment drückt jemand den Türgriff runter. Doch die Tür ist abgeschlossen. Von drinnen ertönen erneut die Hilferufe.

Ist es womöglich ein Trick? Oder sind in der Küche tatsächlich Leute eingesperrt.

„Lass mal hören. Geh näher ran“, bittet Silent dich.

Einen Moment hört sie sich an, was die Eingesperrten rufen.

„Seltsam“, murmelt sie. „Gerade sagte jemand ‚Schließt die Tür ab‘. Ist unlogisch, oder? Wieso sollst du die Tür abschließen, wenn die Gefangenen rauswollen?“

„Können Robospider etwa Stimmen nachmachen?“, fragst du erstaunt.

„Das sicher nicht“, erwidert Tec. „Aber vielleicht Stimmen speichern. Womöglich haben sie die Hilferufe der überraschten Werksmitarbeiter aufgenommen und nutzen es nun, um sich befreien zu lassen. Ein kluger Einfall. Aber so ganz sicher bin ich mir auch nicht.“

Nachdenklich plusterst du deine Wangen auf.

Du entschließt dich,
die Eingesperrten zu befreien.
Lies weiter bei 38

Du gehst lieber weiter zum Schaltraum.
Lies weiter bei 61

60

Eilig schleichst du geradeaus weiter und durchquerst einen Tunnel. Er führt unter dem Schrottberg entlang. Plötzlich endet der Pfad. Vor dir erscheint ein Spinnennetz. Es ist aus armdicken Metallrohren gebaut. Du ziehst dein Allzweck-Taschenmesser heraus. Vielleicht lassen sich die Rohre mit dem Laser durchschneiden? Doch das Material hält dem Laserstrahl stand. Also bleibt dir nichts anderes übrig, als einen anderen Weg nach draußen zu finden. Wütend machst du kehrt und landest ein weiteres Mal an dem Punkt, an dem sich der Gang aufteilt. Nach rechts führt er allerdings in einen Raum hinein.

Du schleichst links weiter.
Lies weiter bei **30**

Du schleichst geradeaus weiter.
Lies weiter bei **31**

Du schleichst rechts weiter.
Lies weiter bei **80**

61

Der Schaltraum im Haupthaus des Solarkraftwerks ist völlig verwaist. Ein gespenstischer Ort. Er sieht aus, als hätten die Werksmitarbeiter ihn Hals über Kopf verlassen: umgestoßene Kaffeebecher, Stühle am Boden, überall verstreute Formulare. Zwar sind es nur wenige Schritte bis zur Konsole, doch der Weg bis dorthin ist nicht ungefährlich. Du musst damit rechnen, auf Robospider zu stoßen. Und so setzt du dich sehr langsam in Bewegung. Tausende Glassplitter von den zerstörten Bildschirmen knirschen unangenehm unter deinen Schuhsohlen. Die Robospider haben ganze Arbeit geleistet. Selbst die Innereien der Monitore haben sie ausgeschlachtet. Vorsichtig schleichst du um die Konsole herum und lugst dahinter. Erleichtert atmest du auf. Auf der Konsole liegt ein aufgeschlagener Schreibblock. Jemand hat einen Plan auf die oberste Seite gekritzelt.

Du brauchst den Plan nicht abzuzeichnen. Wenn du dir Notizen machen möchtest, benutze dafür den Abwasser-Plan im Anhang dieses Buches.

„Ist das ein Code?“, fragt Tec. „Das da, neben dem Wort Filteranlage.“

Du nimmst den Block an dich und legst ihn gleich wieder weg. „Keine Ahnung.“

„Schreib ihn ab. Vielleicht brauchst du ihn bei der Filteranlage.“

Du kramst deinen Pocket-PC raus und speicherst die Buchstaben-Zahlen-Kombination.

Speicher den Code „LC61717“ in deinem Pocket-PC!

Dann fischst du die Taschenlampe aus dem Rucksack, schaltest sie ein und nimmst die Nachtsichtbrille ab. Du beugst dich über die Konsole. Es wimmelt nur so von Schaltern, Reglern, Knöpfen und Lämpchen. Plötzlich poltert es laut aus einem der anderen Räume. Hastig löschst du das Licht der Taschenlampe und starrst ängstlich zum Flur. Dein Herzschlag pocht bis hoch in die Schläfen. Eine Weile lauschst du. Doch es bleibt still. Schließlich konzentrierst du dich wieder auf die Konsole. Kaum leuchtet die Taschenlampe, liest du „Notstrom“.

„Bingo“, flüsterst du und presst heftig auf den Einschaltknopf. Doch das dazugehörige Kontrolllicht leuchtet nicht auf. „Mach schon“, fluchst du und drückst den Knopf mehrmals hintereinander. Nichts geschieht. Wütend kriechst du unter die Konsole. Dort siehst du dann das Dilemma. Lauter durchgetrennte Kabel.

„Ich glaub es nicht! Die Robospider haben alles auseinandergenommen.“

„Keine Panik“, versucht Tec dich zu ermutigen. „Man kann die Notstrom-Generatoren auch vor Ort einschalten.“

„Das klingt gut. Wo finde ich sie?“

„In einer Halle irgendwo am Rand des Solarparks.“

„Okay! Bin schon unterwegs.“ Ohne zu zögern springst du auf, setzt die Nachtsichtbrille wieder auf und läufst zurück zu der Stelle, an der sich der Flur teilt. Ein Hinweispfeil weist zu einem Großraumbüro, ein anderer durch den Hinterausgang zum Solarpark und der Halle mit den Notstrom-Generatoren.

Du läufst weiter zum Großraumbüro.
Lies weiter bei 66

Du läufst weiter zum Hinterausgang.
Lies weiter bei 24

62

Es ist dir tatsächlich gelungen, euren eigenen grün markierten Robospider zum Leben zu erwecken. Seine *LED*-Augen leuchten auf. „He, Leute, er funktioniert. Unser Spinnenroboter will loskrabbeln."

„Du bist ein Genie", lobt dich Silent. „Prima, hol deinen Pocket-PC raus. Dann übertrage ich dir jetzt mein selbstprogrammiertes Virus. Du musst es aber sofort über die *Infrarot*schnittstelle an unseren Robospider weitergeben. Erst dann ist er einsatzbereit."

Und in Windesweile habt ihr euren eigenen Spinnenroboter mit Silents Virus präpariert.

„Okay! Steck ihn in den Rucksack und warte auf eine günstige Gelegenheit, um ihn auszusetzen", rät dir Tec.

Du folgst seinem Rat, zuckst aber im selben Atemzug erschrocken zusammen. Polternd fährt der vorderste Container wie von Geisterhand bewegt los. Auf den Schienen rollt er direkt auf die offene Metallklappe in der Wand zu und fährt mit einem Höllenlärm davon.

„Du solltest dich beeilen", mahnt Silent. „Sie

scheinen recht fleißig zu sein. Wir müssen verhindern, dass sie noch mehr Kopien von sich anfertigen."

„Okay, hab verstanden." Du verlässt die unterirdische Halle mit den Ersatzteilcontainern. Da wo sich der Gang teilt, schleichst du geradeaus weiter. Nach ein paar Metern macht der Gang eine leichte Biegung und endet schließlich an einer automatischen Schiebetür. Kaum stehst du davor, gleitet sie sanft zur Seite. Plötzlich glaubst du zu träumen. Alles, was du bisher mit den Robospidern erlebt hast, ist nichts gegen das, was du nun mit eigenen Augen zu sehen bekommst. Vor dir liegt eine gigantische Halle. Sie ist in gespenstisch diffuses Licht getaucht, groß wie ein Fußballfeld und so hoch wie ein mehrstöckiges Wohnhaus. Rhythmisches Klappern, dröhnende Maschinen, und gleißende Blitze lassen unschwer erkennen, dass du in einer unterirdischen Fabrik gelandet bist. Hunderte von blauen Arbeiter-Spinnenrobotern montieren Riesen-Robospider zusammen, die alle mindestens fünfzigmal größer sind als sie selbst. Die schwarzen Spinnenroboter kommen dir auf einmal klein und unscheinbar vor.

„Sie …" Du hast Mühe, die passenden Worte zu finden. „Sie haben sich eine unterirdische Fa-

brik gebaut. Sie ist gigantisch. Könnt ihr sie sehen?“

Doch auf der anderen Seite von *TeamSpeak* bleibt es still. Das beunruhigt dich. „Hallo?“

„Ja, hallo. Wir sind hier, nur wir …“, stottert Tec, „… müssen das erst mal verdauen.“

„Wirst du es schaffen?“, fragt Silent besorgt.

Achselzuckend erwiderst du: „Ich muss und ich will.“

Eine abschüssige Rampe führt nach unten zu den beschäftigten Robotern. Plötzlich ertönt ein lautes Rumpeln. Ein Container mit Ersatzteilen schießt hinter einer Klappe hervor, passiert dann mehrere Weichen und stoppt bei einer Gruppe von Arbeiter-Spinnenrobotern, die *Solarmodule* montiert. Jetzt begreifst du, weshalb die Robospider das Solarkraftwerk demontieren. „Die wollen ihre Riesenmonster anscheinend mit Sonnenenergie betreiben“, flüsterst du.

„Nicht schlecht“, sagt Tec.

Eine Brüstung führt auf der linken Seite zu einer Stahltreppe und die wiederum hoch zu einer Plattform. Die Plattform ist mit acht Stahlseilen an der Decke befestigt und schwebt in beängstigender Höhe über der Halle. Unter der Plattform ist ein riesiges halbrundes, weiß gefärbtes Glas befestigt.

112

Es sieht aus wie eine überdimensionale Deckenlampe. Auf der rechten Seite führt die Brüstung fast bis an die Stirnseite der Halle. Du erkennst eine Schalttafel. Du machst dich auf den Weg und schleichst hin. Die blau beleuchtete Schalttafel besitzt nur zwei Tasten.

„Was haben sie denn nur zu bedeuten?“, fragst du leise und suchst vergeblich nach einem Hinweis. Dabei fällt dir auf, dass sämtliche riesige Robospider zur hinteren Hallenwand gewandt stehen. Auch die Schalttafel, vor der du stehst, ist dorthin ausgerichtet. Da entdeckst du einen längeren Spalt in der Wand. Er beginnt links unten und führt an der Decke entlang zur anderen Seite runter.

„Das ist ein Tor. Leute, die Spinnenroboter bereiten eine Invasion vor. Die wollen ihre riesigen Metallmonster auf Berlin loslassen. Aber das werden wir nicht zulassen.“

Hastig zerrst du dein Allzweck-Taschenmesser aus der Hosentasche, stellst dich schützend vor deinen Laser und aktivierst ihn. Mit wenigen Strichen zerstört der Strahl das gesamte Bedienfeld der Schalttafel. Es stinkt erbärmlich. Du siehst runter in die Halle. Die Robospider haben nichts bemerkt. „Hab das Teil verschrottet. Jetzt kommen die nicht mehr raus. Weiter zu Teil zwei meines Plans."

„Was hast du vor?", hakt Silent nach.

„Ihr werdet schon sehen." Du schleichst zur Brüstung auf der gegenüberliegenden Seite der Halle und steigst die Leiter zur Plattform rauf. Stets dicht an der Wand entlang, damit dich die Robospider nicht bemerken. Dir fällt auf, dass die Seile mit Haken an der Plattform befestigt sind. Oben befindet sich eine weitere Schalttafel. Auch sie hat nur zwei Tasten. Und während du noch rätselst, welche Funktion sie haben könnten, murmelt Silent bereits: „Wie wäre es mit Licht an, Licht aus?"

Langsam kapierst du. Du stehst auf einer Lampe. Deshalb auch das Milchglas auf der Unterseite. Die Robospider wollen die *Solarmodule* auf den Rücken ihrer Riesen-Robospider mit Licht versorgen. Kluge Kerlchen. Also muss auch diese Schalttafel zerstört werden. Binnen Sekunden ist die Lichtquelle der Robospider nutzlos. Du bist stolz über deinen Erfolg. Selbst jetzt ist den emsigen Robospidern unten am Boden nicht das Geringste aufgefallen. Umso überraschter werden sie sein, wenn sie merken, dass nicht nur ihr Licht sondern auch das Tor versagen wird.

114

Jetzt verstaust du dein Allzweck-Taschenmesser wieder im Rucksack. Nun ist der Moment gekommen, euren eigenen Robospider auszusetzen. Du verlässt die Rampe und läufst über die Brüstung bis ganz nach unten in die Halle. Einen besseren Ort, um euren grünen Spinnenroboter freizulassen, gibt es nicht. Du beziehst hinter einem Container nahe der Wand Stellung. Dabei fällt dir ein Kasten mit acht Schalthebeln ins Auge. Schnell gehst du in die Hocke. Blaue Robospider steuern geradewegs auf dich zu.

„Auch das noch", fluchst du. Einen schlechteren Zeitpunkt hättest du nicht wählen können. Die Spinnenroboter schieben den Container weg. Doch gerade, als du in eine dunkle Nische flüchten willst, entdecken sie dich. Sie lösen Alarm aus. Schwarze Robospider stürzen in Scharen auf dich zu. Du stürmst die Rampe hoch zur Schiebetür. Doch sie lässt sich nicht öffnen. Du sitzt in der Falle.

„Der Stopper", brüllt Tec. „Nimm den Stopper!"

„Ja", keuchst du atemlos. Hastig zerrst du den winzigen Lebensretter aus der Hosentasche, fährst herum und richtest ihn mit zittrigen Händen auf die wild gewordene Meute hinter dir. Du zielst in alle Richtungen. *LED*-Augen erlöschen. Aber es sind einfach zu viele. Es gelingt dir nicht, euren grünen Robospider aus dem Rucksack zu lassen.

Plötzlich fühlst du kaltes Metall an deinem Hals. Ein besonders raffiniertes Exemplar hat sich von oben zu dir runtergehangelt. Vor Schreck lässt du den Stopper fallen. Er purzelt in die Tiefe. Kaum ist er unten aufgeprallt, machen sich blaue Spinnenroboter über ihn her. Ein anderer Robospider packt dein *Headset*. Er klammert sich an das winzige Gerät und entreißt es dir. Dein einziger Kontakt zur Außenwelt ist zerstört.

Panisch zerrst du euren grünen Robospider aus dem Rucksack. Doch die vorpreschenden Metallmonster ergreifen dich. Euer Robospider rutscht dir aus der Hand. Du willst ihn auffangen, als im selben Augenblick etwas deinen Oberarm zwickt, du zur Seite zuckst und eure grün gefärbte Rettung ebenfalls von der Rampe in die Tiefe fällt. Starr vor Schreck stehst du da, übersät von Robospidern. Die Masse ihrer schweren Metallkörper zieht dich zu Boden. Die Gewissheit, dass du gescheitert bist, lähmt dich. Atemlos sackst du zusammen. Mit den Händen vor deinem Gesicht nimmst du dein Schicksal hin.

Doch plötzlich spürst du, wie die Halle vibriert. Metall klirrt. Die Erde erbebt. Wie auf Kommando geben dich die Robospider frei. Ungläubig starrst du ihnen hinterher. Irgendetwas Böses liegt in der Luft. Das spürst du. Dein Instinkt rät dir, abzuhauen. Du rappelst dich hoch. Da siehst du, weshalb dieser Aufruhr unter den Spinnenrobotern herrscht. Blaue Robospider hantieren hektisch an der Schalttafel herum, die du wenige Minuten zuvor mit dem Laser zerstört hast. Die Stirnseite der Halle, das wandgroße Tor, steht bereits einen Spalt offen. Schwach leuchtet jetzt auch das Licht unter der Plattform auf.

„Nein!", schreist du.

Die Spinnenroboter wollen ihre Riesen-Robospider freilassen. Du musst es verhindern. Du rennst die Rampe runter zum Schaltkasten an der Wand.

„Acht Haken an der Plattform, acht Hebel", murmelst du schweißgebadet. Immerhin ist es deine Schuld, dass der grüne Robospider verloren ging. Es liegt also allein an dir, das auszubaden. Und so legst du die ersten vier der acht Hebel um. Ächzend lösen sich die Haken von der Plattform. Sie bekommt Schlagseite und fällt zur einen Seite schräg ab. Zerrissene Kabelenden ragen aus der Hallendecke. Sie sprühen Funken. Überraschte Robospider stürzen in die Tiefe. Das Licht erlischt. Frustriert sprintest du die Rampe hoch. Irgendwie muss es dir gelingen, die Schiebetür aufzubekommen.

Doch kaum hast du die Rampe betreten, wunderst du dich über das seltsame Verhalten einiger roter und blauer Spinnenroboter. Sie krabbeln ziellos umher und jagen ihre Artgenossen. Selbst die schwarzen Robospider benehmen sich so. Da entdeckst du im Gewimmel der vielen Spinnenroboter ein auffällig grün leuchtendes Exemplar. Es ist euer Robospider. Er mischt kräftig mit. Zum Glück hat er den Sturz heil überstanden. Zufrieden und erschöpft lässt du dich auf den Boden sacken und beobachtest, wie ein *LED*-Augenpaar nach dem anderen erlischt und es zunehmend stiller in der Halle wird. Gelegentlich zischt das zerrissene Kabel an der Hallendecke auf und sprüht Funken.

Dann, als auch der letzte Spinnenroboter reglos daliegt, erhebst du dich und sammelst euren grünen Lebensretter ein. Du öffnest die Klappe an seinem Bauch und ziehst das Kabel raus. Sanft streichst du über seinen Metallkörper. „Gut gemacht, Kleiner."

Vorsichtig steckst du ihn zurück in den Rucksack. Draußen auf den Straßen von Berlin irren mit Sicherheit noch weitere Robospider umher.

Die Schiebetür steht mittlerweile einen winzigen Spalt offen. Sicher hat das Kabel an der Decke einen Kurzschluss in der Stromleitung verursacht. Du schiebst die Tür auf und schlüpfst durch. Selbst das Spinnennetz vor dem Tunnelausgang steht offen. Erschöpft, frierend und hungrig machst du dich auf den Weg zurück zu eurem Unterschlupf, um Silent und Tec mitzuteilen, dass ihr euren Auftrag erfolgreich erledigt habt. Sie machen sich bestimmt schon große Sorgen um dich. Ungeduldig ziehst du die Rollerblades an und holst kräftig Schwung. Denn nichts auf der Welt kann dich länger an diesem finsteren Ort halten.

24. Oktober 2017, 21:53 Uhr,
VOR DEM KOLLHOFF-TOWER

Hinter einem sichtgeschützten Vorbau des *Kollhoff-Towers* lässt du euren grünen Robospider frei. „Pass auf dich auf", flüsterst du ihm hinterher, als er sich sofort auf dem nassglänzenden Asphalt davonmacht. Mit Silents Virus wird er sicher mit den noch verbliebenen Robospidern allein fertig werden. Hastig drängelst du dich durch die Drehtür und spürst, wie gut es tut, endlich wieder im hell beleuchteten, trockenen und warmen Tower zu stehen. *Pling!* Du eilst auf den Fahrstuhl zu.

Kaum schwingt die Tür zu eurem geheimen Unterschlupf auf, springen Silent und Tec von ihren Stühlen. Sie überhäufen dich mit Fragen und mustern dich, ob du auch keinen Schaden genommen hast. Doch du kannst sie beruhigen. Haarklein berichtest du ihnen von den schrecklichen Minuten in der unterirdischen Fabrik der Robospider.

Silent stellt eine Verbindung zum Bürgermeister her. Mit verstellter Stimme berichtet sie ihm alles. Dann verabschiedet sie sich von ihm, beendet die Verbindung und während sie sich zu euch umdreht, fragt sie: „Lust auf Pizza?"

Doch im selben Moment klingelt dein Handy. Du hast eine SMS empfangen. Enttäuscht siehst du deine Freunde an. „Tut mir leid. Ich muss los. Ist ziemlich spät. Meine Eltern machen sich Sorgen. Außerdem bin ich ganz schön kaputt."

„Dann ein anderes Mal", erwidert Silent verständnisvoll.

Tec klopft dir auf die Schulter. „Schlaf dich erst

mal aus. Feiern können wir später. Übrigens: Das hast du wirklich gut gemacht.“

Du kramst deine Sachen zusammen und verabschiedest dich. Müde und stolz zugleich verlässt du euren geheimen Unterschlupf – bis das nächste große LAN-Clan-Abenteuer nach dir ruft.

ENDE

63

Sieh dir den auseinandergefalteten Akku an. Er zeigt dir, welcher Akku in euren Robospider passt. Vergleiche ihn mit den fünf Akkus, die in der Schrägansicht gezeigt werden. Welcher Akku ist der Richtige?

Wenn du die Nummer des Akkus, der exakt mit dem auseinandergefalteten Akku übereinstimmt, mit 2 multiplizierst, führt dich das Ergebnis zum nächsten Textabschnitt.

Tec muss helfen.
Lies weiter bei 21

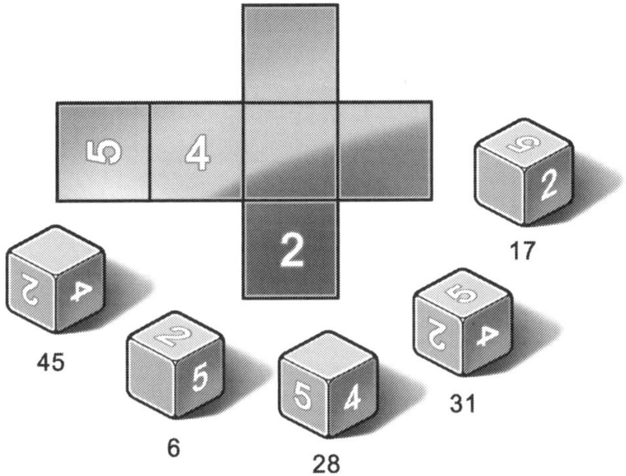

64

Mit den acht passenden Robospider-Ersatzbeinen im Gepäck schulterst du deinen Rucksack. Doch kaum hast du einen Fuß Richtung Labortür gesetzt, ist plötzlich wieder das seltsame Kratzen zu hören. Es kommt aus der Ecke, direkt unter dem Fenster. Hinter einem Stapel leerer Plastikkästen scheint sich irgendetwas zu verstecken.

„Hallo“, fragst du leise. Das Kratzen verstummt.

„Komm lieber da raus“, warnt Silent dich. „Wir haben, was wir brauchen.“

122

„He, das ist vielleicht unsere Chance, an einen kompletten Robospider zu kommen.“ Du räumst den Kastenstapel zur Seite. Tatsächlich versteckt sich hinter dem untersten Plastikkasten ein Robospider. „Sieht aus, als wäre er kaputt. Das Einzige, was noch funktioniert, ist ein Bein. Damit scharrt er ständig über den Fußboden.“

„Wahrscheinlich ist sein Chip defekt“, überlegt Tec. „Egal, bring ihn mit. Ich krieg ihn schon zum Laufen.“

„Vergiss nicht, Robospider sind intelligent“, warnt Silent dich. „Es könnte ein Täuschungsmanöver sein.“

Du entschließt dich, den defekten Robospider mitzunehmen.
Lies weiter bei 14

Du hörst auf Silent und verlässt das Labor.
Lies weiter bei 69

65

Du fischst deine Nachtsichtbrille aus dem Rucksack und setzt sie auf. Dann schließt du sämtliche Klettverschlüsse deiner Regenjacke, damit kein Ungeziefer reinkrabbeln kann und kletterst mutig ins Abwasserrohr. Der Gestank ist fürchterlich, er brennt dir in der Nase. Schlamm, so weit das Auge reicht, mehrere Zentimeter hoch. Doch das alles ist kein Grund für dich, es nicht zu wagen. Da rennt plötzlich etwas Behaartes, Vierbeiniges mit langem Schwanz fiepend unter dir durch und davon. Angewidert starrst du der Ratte nach. Schlamm sickert in deine Schuhe. Trotzdem gibst du nicht auf und kriechst weiter. Auf einmal teilt sich das Rohr.

Du kriechst nach links.
Lies weiter bei **71**

Du kriechst nach rechts.
Lies weiter bei **57**

„Wie sieht denn das Büro aus?“, flüsterst du geschockt. „Die Robospider müssen total ausgeflippt sein.“

Von der Decke hängen rausgerissene Neonlampen. Bürostühle wurden umgestoßen, Computer ausgeschlachtet und die Bildschirme starren dich an wie leere Augenhöhlen. Nichts als verwüstete Schreibtische. Überall verstreut liegen zerrissene Formulare: auf dem Boden, auf den Schränken und sogar in den Töpfen der Zimmerpflanzen. Selbst die Telefone und die Kaffeemaschine mussten dran glauben. Plötzlich streift der Lichtkegel eines Suchscheinwerfers das Fenster. Dabei machst du eine merkwürdige Entdeckung. „Komisch, jemand hat Spinnensymbole in die Fensterscheibe geritzt.“

„Ehrlich? Wie sehen die aus?“, hakt Silent nach.

„Irgendwie seltsam. Der ersten Spinne fehlen drei ihrer acht Beine, der zweiten nur zwei.“

„Eigenartig. Am besten du überträgst sie in deinen Pocket-PC. Vielleicht haben sie eine besondere Bedeutung.“

„Wird gemacht." Sofort kramst du deinen Pocket-PC raus und speicherst die Spinnensymbole.

Speicher die beiden Spinnensymbole in deinem Pocket-PC!

Da – ein dumpfer Aufprall. Dort hinten im Flur! Im selben Moment huscht irgendetwas zwischen den Schreibtischen hindurch. Unheimlich! Eilig räumst du deinen Pocket-PC weg und konzentrierst dich nun auf die Notstrom-Generatoren. Irgendwie musst du sie zum Laufen bringen. Und zwar schnell.

Doch da bemerkst du, dass sich etwas hinter dem Kopierer versteckt. Etwas schabt über Metall. Sicher ein Arbeitsroboter. Ein Wächterroboter hätte sich bestimmt schon längst auf dich gestürzt.

Du verlässt lieber das Büro.
Lies weiter bei 5

Du willst wissen, was sich hinter dem Kopierer versteckt.
Lies weiter bei 79

67

Auf dem sandigen Boden des Schrottplatzes liegen allerlei Kabelreste rum. Einer dieser Kabelreste stimmt mit dem zerschnittenen Kabel überein. Kannst du ihn finden? Nur damit darf das zerschnittene Kabel repariert werden. Welcher Kabelrest ist der richtige?

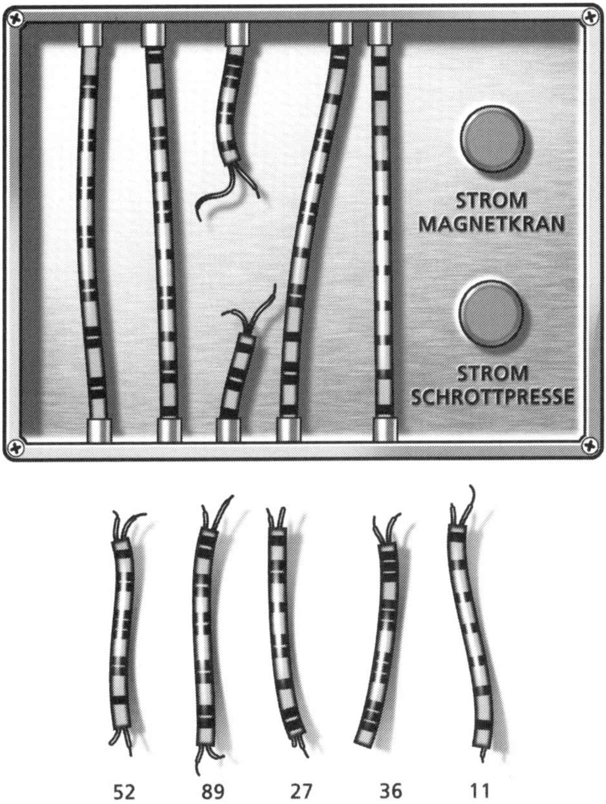

Du siehst auf Anhieb, mit welchem Kabelrest du die losen Kabelenden verbinden musst, um Schrottpresse und Kran mit Strom zu versorgen. Die Nummer dieses Kabelrestes ist die Nummer des nächsten Textabschnitts.

Du erkennst kaum Unterschiede in den Mustern auf den Kabeln.
Tec muss helfen.
Lies weiter bei 32

68

„Hilf mir Tec. Für mich sehen alle Ersatzbeine gleich aus."

„Das haben wir gleich. Geh mal näher an dic Zeichnung ran."

Du zeigst deinem Freund das Robospider-Bein auf der Modellzeichnung an der Wand. Tec drückt eine Taste auf seinem Notebook und friert dann die Ansicht auf seinem Bildschirm ein. „Hab ein Foto gemacht. Jetzt zeig mir mal das erste Bein im Regal."

Du greifst danach und hältst es vor die Linse in deinem *Headset*. Tec vergleicht es mit dem Foto auf seinem Notebookmonitor. „Das ist falsch."

Du siehst dir das Ersatzbein an und legst es beiseite. Dann hältst du das zweite Bein vor die Linse.

„Das ist richtig", stellt Tec auf Anhieb fest.

Langsam dämmert dir, woran du Robospider-

Beine erkennen kannst. „Ist es die Kerbe im Gelenk?“

„Genau!“

„Danke, den Rest schaffe ich jetzt auch allein.“

Lies weiter bei 9

69

In einer dunklen Nische unter der steinernen Treppe der alten Uni machst du dich für einen Moment unsichtbar, um dich umzuziehen. Auf Rollerblades stakst du vor die Haustür. Regen prasselt dir ins Gesicht und der Herbstwind pfeift dir um die Ohren. Aber das ist alles nichts im Gegensatz zu der Gefahr, in der sich Berlin befindet. Du stößt dich an der Hauswand ab und rollst um den winzigen Brunnen herum zur offenen Pforte. Dort holst du Schwung und fährst zurück zu eurem geheimen Unterschlupf im *Kollhoff-Tower*.

130

24. Oktober 2017, 17:42 Uhr,
KOLLHOFF-TOWER – LAN-CLAN-VERSTECK

Hastig tippst du den Code ins Zahlenschloss neben der grauen Stahltür. Die Tür zum Wartungsraum schwingt auf. Du stürmst rein, setzt den Rucksack ab, hängst deine Regenjacke über die Stuhllehne und lässt dich erschöpft auf deinen Stuhl fallen. „Ich sag euch, das war alles andere als lustig. Die Robospider sind nicht dumm. Wir müssen sie so schnell wie möglich unschädlich machen."

„Ruh dich erst mal aus", erwidert Silent.

„Ja, mach Pause. Jetzt sind wir dran", stimmt Tec ihr zu und schnappt sich den Rucksack. „Und, wie waren meine frisierten Blades?"

Du lachst. „Wenn wir unseren Auftrag erledigt haben, müssen wir mal ein Wettrennen machen."

„Wenn du unbedingt von mir abgehängt werden willst, meinetwegen." Achselzuckend zwinkert Tec dir zu. Dann nimmt er behutsam das Gel-Päckchen aus der Brotdose und verkabelt es mit dem Netzwerk. Ein paar Mausklicks später sieht er hoch. „He, seht mal. Ich hab das Steuerprogramm gefunden. Ich kopier es auf dein Notebook, Silent. Dann kannst du gleich anfangen, das Virus zu programmieren. Und der Bauplan ist auch drauf.“ Strahlend sieht Tec in die Runde. Dann vergleicht er die acht Robospider-Beine im Rucksack mit der Liste der Bauteile und zeigt dir ein Abbild eines Spinnenroboters auf seinem Monitor.

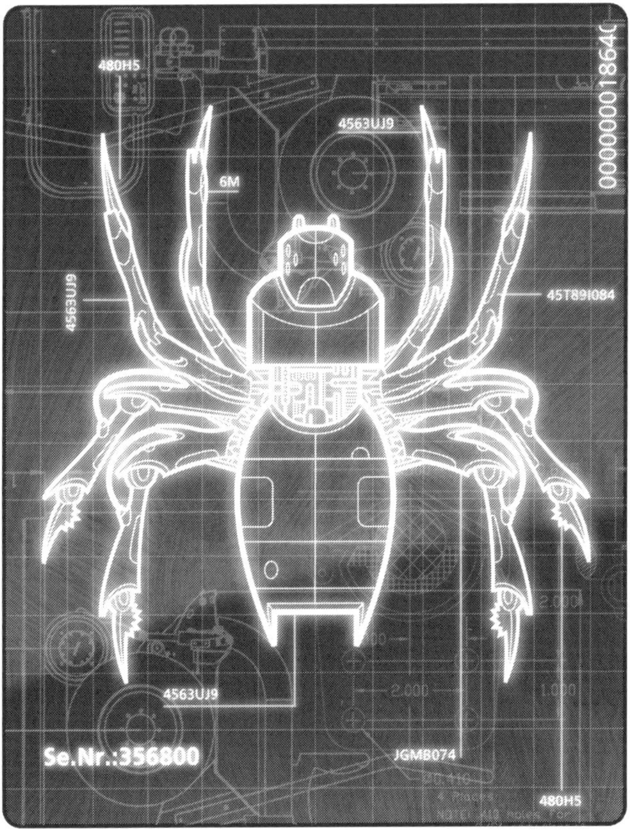

„Siehst du?“ Er klickt ein paarmal mit der Maus. „Jetzt sind die acht Ersatzbeine, die du mitgebracht hast, auf dem Bild schwarz dargestellt. Aber die beiden blau gekennzeichneten Teile fehlen noch. Es wird schwer sein, sie zu beschaffen, denn für einen Spinnenroboter sind sie lebenswichtig. Das eine Teil ist der Metallkörper, in dem der winzige Computer steckt, der den Robospider lebendig macht. Das andere Teil ist ein Akku für die Stromversorgung. Blöd nur, dass die Studenten seltene würfelförmige Akkumodelle verwendet haben. Für die gibt es leider keinen greifbaren Ersatz, aber …“

Plötzlich unterbricht ihn eine Melodiefolge. Sie signalisiert einen Anruf von draußen.

„LAN-Clan“, meldet sich Silent. Über *Headset* klingt ihre Stimme automatisch zwanzig Jahre älter. Das hat sie absichtlich so programmiert, damit niemand erfährt, dass ihr noch Schüler seid. Silent lauscht. Dann verdeckt sie die Mikrofonöffnung ihres *Headsets* und flüstert: „Es ist der Bürgermeister.“

Sie schaltet die Lautsprecher ein, damit ihr das Gespräch mitverfolgen könnt.

„Nun, die Lage hat sich verschlimmert.“ Das Stadtoberhaupt wirkt aufgelöst. „Die Robospider überfallen jetzt zwar keine Berliner Bürger in ihren Häusern mehr, um Elektrogeräte zu stehlen, dafür haben sie das Solarkraftwerk besetzt. Fachleute sagen, dass die Spinnenroboter was im Schilde führen, denn sie montieren ausschließlich *Solarmodule* ab. Dabei wurde das Solarkraftwerk erst 2015 in Betrieb genommen, also erst vor zwei Jahren. Ich habe die *Bundespolizei* angewiesen, das Gebiet um das Werk weiträumig abzuriegeln.

Die Stromversorgung droht komplett zusammenzubrechen. Einige Stadtteile sind schon längst ohne Elektrizität. Ampeln und Straßenlampen fallen reihenweise aus. Ganze Geschäftsstraßen mussten mittlerweile schließen. Selbst der Flughafen musste aus Sicherheitsgründen seinen Betrieb einstellen. Wir konnten das Inferno nicht länger vor der Öffentlichkeit geheim halten. Aber wir sind nicht völlig hilflos. Ein Mitarbeiter des Solarkraftwerks sagte mir, dass auf dem Werksgelände eine veraltete aber dennoch intakte Notstromanlage existiert. Sie wurde für Notfälle erhalten. Die Anlage lässt sich über einen zentralen Steuerraum oder wenn nötig direkt in einer Generatorenhalle einschalten. Wenn es Ihnen gelingt, die Notstrom-Generatoren in Gang zu bringen, ist bereits ein Teil unseres Problems gelöst. Dann haben wir wieder Strom und die Straßen sind zumindest vor Dieben und Plünderern etwas sicherer."

„Wir machen uns sofort auf den Weg", beruhigt Silent ihn. „Verlassen Sie sich auf uns."

„Bitte beeilen Sie sich. Die Zukunft Berlins liegt in Ihren Händen. Auf Wiederhören." Seufzend verabschiedet sich das Berliner Stadtoberhaupt.

„Mal sehen, was das Fernsehen dazu sagt." Silent loggt sich ins Internet ein.

Tec und du rückt näher an Silents Monitor heran. Gebannt verfolgt ihr die Nachrichten: „In der Zwischenzeit sind mehrere Hundertschaften der *Bundespolizei* eingetroffen. Sie haben das Solarkraftwerk weiträumig abgesperrt. Hubschrauber überwachen das betroffene Gebiet nun aus der Luft. Der Berliner Oberbürgermeister hofft auf eine schnelle Hilfe durch Spezialkräfte", meldet der Reporter, „um die ‚Invasion', wie er sich ausdrückte, schnellstens in den Griff zu bekommen. Doch wie die Spezialisten diese schwere Aufgabe bewerkstelligen wollen, können wir zur Stunde noch nicht sagen. Und damit zurück ins Studio."

„Langsam wird's brenzlig", murmelst du.

Tec hebt eine Augenbraue. „Wenn die Robospider das Solarkraftwerk auseinandernehmen …

Wie viele Klone mag es mittlerweile von ihnen geben?“

„Ich denk lieber nicht darüber nach“, antwortest du seufzend und springst auf. „Solange die Robospider noch da draußen rumkrabbeln und Berlin auseinandernehmen, kann ich nicht rumsitzen. Ich mach mich lieber nützlich.“

Voller Tatendrang greifst du zur Regenjacke, schnappst deinen Rucksack, prüfst den Inhalt und schulterst ihn. Im Vorbeigehen klaust du dir ein Kirsch-Kaugummi von Silents Platz und öffnest die Tür.

„Warte!“ Tec hebt eine Hand. Während dein Freund auf seiner Tastatur tippt und einige Male mit der Maus klickt, packst du den Kaugummistreifen aus. Schließlich strahlt Tec dich an. „Fertig. Hab die Adresse vom Solarkraftwerk ins Navigationssystem eingegeben. Kannst dich jetzt auf die Socken machen.“

Mit einem „Viel Glück“ deiner beiden Freunde verlässt du euren geheimen Unterschlupf.

136

24. Oktober 2017, 18:09 Uhr, VOR DEM SOLARKRAFTWERK

„Irgendwann muss die finstere Straße doch mal enden“, raunst du genervt. „Wenn wenigstens die Straßenlaternen nicht ausgefallen wären.“

Du holst noch mal kräftig Schwung und rollst um eine Kurve, als plötzlich weit hinten unzählige Autoscheinwerfer, blaue Signalleuchten von Polizeiwagen und zuckende Taschenlampenlichter aufleuchten.

Dort wimmelt es nur so von Bundespolizisten. An jeder Ecke haben sich Reporter samt Kamera postiert, um von der Lage vor Ort zu berichten. Ständig donnern Hubschrauber über eure Köpfe hinweg.

Eines ist klar: In der Menschenmasse wirst du kaum auffallen. Daher nutzt du die Gelegenheit, um dich unbemerkt an das Haupttor ranzupirschen. Auf einmal spürst du eine Hand auf deiner Schulter. Erschrocken fährst du herum und verlierst auf deinen Rollerblades beinahe das Gleichgewicht. Du drohst zu stürzen. Schnell packst du den Arm des Polizisten hinter dir.

„Was hast du denn hier verloren?“ Seine raue Stimme klingt streng, aber dennoch freundlich.

„Ich wollte nur … die vielen Hubschrauber“, stammelst du.

„Du solltest dich hier nicht aufhalten. Das ist viel zu gefährlich.“

„Wieso? Was ist passiert?“

Bereitwillig gibt der Polizist Auskunft. Doch er erzählt dir ein Märchen. Von einem Unfall im Kraftwerk mit vielen Verletzten und dass ein Spezialisten-Team unterwegs sei, um den Schaden zu beheben. Sicher hofft er, dich damit loszuwerden. Wenn er wüsste, dass ausgerechnet du der Spezialist bist. Stolz machst du kehrt. Er sieht dir nach. Schnell tauchst du im Gewimmel unter. Etwas abseits tauschst du die Blades gegen deine Straßenschuhe aus und läufst in einem großen Bogen um das Solarkraftwerk herum. Die Bäume bieten dir dabei genügend Schutz. Irgendwo wird es sicher eine Stelle geben, an der du den aufmerksamen Blicken der Polizisten entkommen kannst. Doch du hast dich getäuscht. Die Bundespolizisten haben sich so postiert, dass sie auch bei größeren Entfernungen im ständigen Blickkontakt miteinander stehen. Trotzdem gibst du nicht auf. Es muss einen Weg geben.

Du entdeckst ein Wäldchen. Mutig stapfst du ins finstere Dickicht. Es reicht sogar fast bis an den Maschendrahtzaun heran, der das gesamte Werksgelände umgibt. Plötzlich donnert ein Hubschrauber herbei. Schnell gehst du in Deckung, wartest bis er vorbeigeflogen ist und läufst dann los, um dich hinter einer kleinen Anhöhe zu verstecken.

Einen Moment verschnaufst du und siehst dich um. Aber was ist das? Ein Abwasserrohr! Es ragt aus dem Hügel. So wie es aussieht, führt es direkt unter dem Zaun hindurch auf das Werksgelände. Eine Schwachstelle? Du krabbelst hinunter und siehst ins Abwasserrohr rein. Puh, wie das stinkt! Du überlegst. Der Durchmesser wäre groß genug, um bequem durchzukriechen. Andererseits könntest du über den Zaun klettern. Ziemlich fieser Stacheldraht, der da zwischen den Zaunpfählen gespannt ist. Doch besser zwei schlechte Möglichkeiten als gar keine. Nur – wofür entscheidest du dich: ekelhaftes Abwasserrohr oder Zaun mit fiesem Stacheldraht?

Du kriechst ins Abwasserrohr.
Lies weiter bei 65

Du kletterst über den Zaun.
Lies weiter bei 7

70

Zur Hütte, geistert dir ein rettender Gedanke durch den Kopf. Da wirst du in Sicherheit sein. Eine gute Entscheidung, denn der Robospider ist nicht allein gekommen. Hinter ihm taucht plötzlich eine ganze Meute seiner Artgenossen auf. Auf der Stelle rennst du los. Die schwarzen Robospider kapieren sofort. Schlagartig nehmen sie die Verfolgung auf. Sie sind sehr flink mit ihren acht kräftigen Metallbeinen. Du läufst, was deine Beine hergeben.

Doch deine Verfolger bleiben dir gefährlich nah auf den Fersen. Wenn nur der schlammige Boden nicht wie Kaugummi unter deinen Sohlen kleben würde. Den schwarzen Metallungeheuern geht es zwar ähnlich, dennoch kommen sie dir immer näher.

Blätter die Buchecken wie bei einem Daumenkino durch und stoppe an einer beliebigen Stelle. Die Augenzahl entscheidet, bei welchem Textabschnitt das Abenteuer weitergeht.

Augenzahl 1, 3 oder 5.
Lies weiter bei 83

Augenzahl 2, 4 oder 6.
Lies weiter bei 20

71

Mutig kriechst du weiter. Obwohl dich der Gestank und die anstrengende Körperhaltung eher dazu verleiten müssten, das Abwasserrohr umgehend zu verlassen. „Das Abwasserrohr endet wohl nie“, stöhnst du und hältst einen Moment den Atem an.

Plötzlich hörst du was. Erst ist es nur schwach, doch mit jedem Meter näherst du dich einem Geräusch, das du nur allzu gut kennst: Das Klicken metallener Beine auf Stein. Allerdings hört es sich nicht so an, als würde es von einem Robospider allein stammen. Es müssen Hunderte sein.

„Robospider“, flüstert du aufgeregt. „Ganz viele Robospider.“ Vorsichtig kriechst du auf den diffusen Lichtschein am Ende des Abwasserrohres zu. Wasser plätschert. Du bist in einer unterirdischen Halle gelandet, die mit schwachen Notlichtern beleuchtet ist. Große Becken voller Abwasser sind über Kanäle miteinander verbunden. Aus dem letzten Becken fließt Wasser über ein schmales Rohr ab, in das die Spinnenroboter hineinkrabbeln. Diese Exemplare haben keine roten, sondern blaue *LED*-Augen und blaue Metallkörper. Geschickt stützen sie sich zu beiden Seiten ab, ohne das Wasser zu berühren, das unter ihnen vorbeifließt. Wie Ameisen transportieren sie *Solarmodule* durch das Rohr.

„Was haben sie damit vor?“, wundert sich Silent. „Wir müssen unbedingt rauskriegen, wohin sie ihre Beute bringen.“

An der linken Hallenseite entdeckst du einen Schacht. Darüber hängt eine Leuchttafel, auf der „Einstieg“ steht. Offensichtlich ist das der einzige Weg, der nach draußen auf das Werksgelände führt. Zu blöd, dass eine Armlänge davon entfernt immer wieder Robospider durch ein schmales Loch in die Halle krabbeln.

Trotzdem. Du musst in den Einstiegsschacht gelangen, ohne dass sie dich entdecken. Umkehren oder aufgeben kommt nicht infrage. Du willst nicht umsonst durch Schlamm gekrochen sein, vorbei an unzähligen widerlichen Kakerlaken und ekelerregenden Ratten.

142

Also wagst du es. Die tragenden Säulen der Halle bieten dir ausreichend Sichtschutz. Auf leisen Sohlen schleichst du zur ersten Säule und pausierst. Dann weiter zur zweiten Säule. Schritt für Schritt tastest du dich langsam vor. Doch wie aus dem Nichts taucht auf einmal ein roter Robospider auf. Er dreht sich in deine Richtung. Geistesgegenwärtig springst du hinter die nächste Säule und drückst dich dicht an den kalten Beton. Für den Spinnenroboter wirst du im Schatten der Säule unsichtbar. Doch er bleibt regungslos stehen, als würde er dich wittern. Er wendet sich kurz zur einen Seite, dann zur anderen. Plötzlich macht er einen Satz nach vorn und rennt wie angestochen über deine Beine hinweg zur anderen Seite der Säule. Du schreist auf.

Im gleichen Atemzug sucht etwas Haariges fiepend zwischen deinen Füßen Schutz und kauert sich an deine schlammverschmierten Schuhe. Der Spinnenroboter liegt auf der Lauer wie ein jagendes Raubtier. Und du mittendrin, versteinert vor Angst, obwohl der Roboter von dir offenbar nichts ahnt. Du starrst auf die Ratte runter. Offenbar sitzt sie in der Falle. Was hat sie vor? Sie schnuppert an deinem Fuß. Hilfe! Jetzt klettert sie an deinem Schuh hoch.

Du bleibst regungslos stehen.
Lies weiter bei **86**

Du schüttelst deinen Fuß, um die Ratte zu vertreiben.
Lies weiter bei **87**

72

Mit einem gewagten Sprung hechtest du rüber zur Tür der Filteranlage.

Hastig drückst du den Griff runter. Sie ist abgeschlossen! Fassungslos starrst du das Schild an. Jemand hat einen Code in das Schild geritzt: „LC61717“. Du merkst dir die Buchstaben-Zahlen-Kombination.

Speicher den Code „LC61717“ in deinem Pocket-PC!

Da stürmt dir bereits der rote Robospider hinterher. Er will dich packen. Instinktiv drehst du dich zur Seite. Der Spinnenroboter prallt gegen die harte Stahltür und poltert rückwärts über den Boden. Doch er richtet sich blitzartig wieder auf und geht ein weiteres Mal auf dich los. In letzter Sekunde zerrst du deinen Rucksack von der Schulter, holst weit damit aus und schleuderst die metallene Kreatur wie einen Golfball weit von dir weg. Dann rennst du los. Direkt auf den Schacht zu. Du musst ihn erreichen, ehe der lästige Robospider zurück ist. Andernfalls bist du verloren.

Lies weiter bei **77**

73

Du stehst vor den kraftstrotzenden Maschinen und staunst. Dröhnend wie die Triebwerke eines Düsenflugzeugs springen neun haushohe Stromgeneratoren an. Der Boden vibriert. Du presst deine Handflächen auf die Ohren. Schnell raus, bevor deine Trommelfelle platzen. Doch vor dem Tor bleibst du stehen. Das gesamte Solarkraftwerk ist von hellem Licht durchflutet. Was ist da hinten los? Die Robospider machen sich davon. Sie flüchten in den Abwasserschacht. Hubschrauber donnern herbei. Von allen Seiten stürmen Bundespolizisten auf das Gelände. Höchste Zeit, dich unsichtbar zu machen. Doch wenn du jetzt rausläufst, landest du direkt in ihren Armen. Es muss einen anderen Weg geben.

Du rennst an den monströsen Turbinen vorbei zur anderen Hallenseite. Weit und breit keine Tür. Aber ein Fenster, hinten an der Stirnseite. Deine Rettung. Du holst mit dem Helm aus und schlägst zu. Der Lärm der Generatoren verschluckt glücklicherweise das Klirren der zerberstenden Glasscheibe. Du nimmst dir einen leeren Ölkanister, kletterst rauf, greifst nur mit Fingerspitzen den Rahmen und steigst durch. Du fällst auf weichen Rasen, raffst dich auf, schüttelst letzte Splitter von der Jacke und schleichst geduckt die Außenfassade entlang. Du linst um die Ecke. Überall Polizisten. Hier kommst du nie wieder raus. Jedenfalls nicht, ohne ertappt zu werden. Es sei denn … Unschlüssig starrst du am Solarpark vorbei zum Einstiegsschacht, der zu den Abwasserbecken führt. Der düstere Ort, in dem es eben noch von Robospidern wimmelte. Du hast keine Wahl. Also schleichst du los, gehst unter *Solarmodulen* in Deckung, lässt Hubschrauber passieren, kriechst wieder hervor, läufst weiter und machst dich klein. Mit heftigen Seitenstichen erreichst du den Abwasserschacht. Du wartest einen günstigen Zeitpunkt ab und huschst dann hinein.

146

Außer ein paar herumliegenden *Solarmodulen* erinnert nichts daran, dass vor wenigen Minuten noch Hunderte von Spinnenrobotern das Solarkraftwerk in seine Einzelteile zerlegten. Du beugst dich vor und wirfst einen Blick in das schmale Rohr, durch das die Spinnenroboter ihre Beute abtransportiert haben. Kein Robospider ist jetzt mehr zu sehen. Also halten auch dich keine zehn Pferde mehr hier unten fest. Darum kriechst du eilig durch den stinkenden Abwasserschacht hinaus ins Freie, schleichst durch das dunkle Wäldchen zurück zur Straße und ziehst dich um. Auf Tecs frisierten Rollerblades rauschst du müde zurück zum *Kollhoff-Tower* und schwebst dann mit dem Fahrstuhl hinauf zu eurem geheimen LAN-Clan-Versteck.

24. Oktober 2017, 20:06 Uhr,
KOLLHOFF-TOWER – LAN-CLAN-VERSTECK

Völlig entkräftet schleppst du dich die letzten zwei Treppen hoch, tippst den geheimen Code ein und betrittst erschöpft und frierend den angenehm warmen Unterschlupf. Begeistert wirst du von deinen beiden LAN-Clan-Freunden empfangen.

Tec wartet schon ungeduldig auf neue Teile für euren eigenen Robospider. Er ist extra in die Stadt geradelt, um eine Dose mit grüner Sprühfarbe zu besorgen. Er will euren Spinnenroboter einfärben, damit du ihn später von den anderen unterscheiden kannst. Ein strenger Geruch breitet sich aus. Silent rümpft die Nase. Tec hält die Luft an. Beide starren auf deine schlammverschmierten Schuhe und Hosenbeine.

„Ich bin erledigt“, schnaufst du ungerührt und lässt dich auf deinen Stuhl fallen. Der Rucksack gleitet aus deinen Händen und plumpst zu Boden. Kraftlos ziehst du die Regenjacke aus und hängst sie über die Stuhllehne. Die schlammverschmierte Hose stopfst du in eine Plastiktüte. Müde lehnst du dich zurück und schließt die Augen. Kaum sind deine Lider geschlossen, spürst du eine Hand auf deiner Schulter. Tec reicht dir eine Ersatzhose. Du schlüpfst in die frisch gewaschene trockene Jeans. Dann beugst du dich vor, um deinen Rucksack zu leeren.

Du bist stolz, dass du Tec einen Metallkörper präsentieren kannst. Lies weiter bei der Zahl, die hinter dem Kürzel „MK“ steht.

Du kannst Tec leider keinen Metallkörper präsentieren.
Lies weiter bei 36

74

In welche der fünf Buchsen passt der Stecker genau? Der Durchmesser des Steckers darf nicht größer als der Durchmesser der Buchse sein.

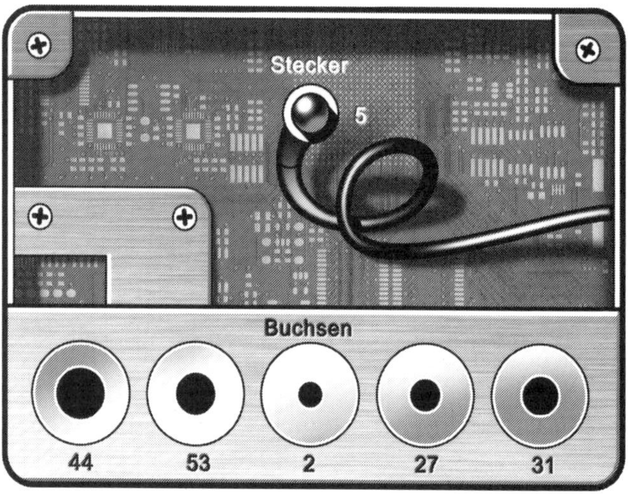

Addiere zur Zahl der exakt passenden Buchse die Zahl des Steckers. Das

Ergebnis führt dich zum nächsten Textabschnitt.

Du schaffst es nicht ohne Hilfe.
Lies weiter bei 44

75

„Ist doch einfach. Zieh den Steuerknüppel nach unten rechts. Also nach Süd-Osten. Dann klappt es."

„Aha", sagst du. „Jetzt kapiere ich!"

Lies weiter bei 26

76

„Vielleicht solltest du mit einem Maßband den Durchmesser der klemmenden Schraube und danach die Durchmesser der Schraubenschlüssel ausmessen. Das hilft dir sicher weiter", flüstert Silent dir leise zu.

Lies weiter bei 85

77

Dein Blick wandert von der Metallspinne zum Schacht und wieder zurück. Du nimmst Maß, winkelst die Knie an und hechtest mit einem gezielten Sprung hinein. Im gleichen Atemzug greifst du mit beiden Händen nach der ersten Metallstrebe, die knapp einen Kopf über dir aus der Schachtwand ragt. Keuchend kletterst du dann den Einstiegsschacht hoch. Der Robospider aber holt dich ein und kann an dir vorbeiklettern. Plötzlich rutschst du mit dem Fuß auf dem feuchten Metall aus und hängst mit einer Hand an der glitschigen Strebe. Ängstlich starrst du in die Tiefe. Der Robospider über dir zwickt erbarmungslos in die Finger deiner Hand, mit der du dich an das Eisen klammerst.

Trotz der Schmerzen schaffst du es, dich hochzuziehen, um wieder mit beiden Füßen Halt zu gewinnen. Du ballst eine Hand zur Faust, holst weit aus und schlägst gegen die Metallbeine des Spinnenroboters. Er strauchelt und hält sich nur noch mit zwei Beinen an der Wand. Du holst noch einmal aus und boxt wieder zu. Seine Elektronik versagt. Die Saugnäpfe an seinen Beinen geben nach. Er rauscht in die Tiefe und kracht laut auf dem Betonboden auf.

Hastig kletterst du weiter. Doch da spürst du bereits einen zweiten Spinnenroboter an deinem Schienbein. Er klammert sich an dir fest. Und egal wie heftig du dein Bein schüttelst, der Robospider lässt sich nicht abwerfen. Nur noch zwei glitschige Streben, dann bist du frei. Erschöpft lehnst du kurz deinen Kopf gegen die Hände und atmest tief durch. Dann geht alles Schlag auf Schlag. Du greifst nach der nächsten Strebe, ziehst das Bein mitsamt dem Spinnenroboter nach und zerrst dich mit der Last bis ganz nach oben zum Lukenrand. Mit letzter Kraft stemmst du dich hoch, robbst bäuchlings raus auf den Rasen und rollst dich auf den Rücken, um den Spinnenroboter am Schienbein mit dem anderen Fuß wegzutreten.

„Yes!", schreist du erleichtert. Der Robospider purzelt in hohem Bogen über den Rasen. Du schnellst hoch und mit einer zielsicheren Flanke saust das Ding zurück in den tiefen Schlund des Schachts.

Du lauschst. Einen Moment herrscht Stille, dann kracht er scheppernd tief unten auf dem harten Beton auf. Du kannst es kaum glauben: Du bist entkommen.

Tec ist der Erste, der die gespannte Stille durchbricht: „Mann, war das knapp!“

„Ja“, keuchst du erschöpft. Doch Zeit zum Durchatmen bleibt dir nicht. Die Robospider sind gewarnt. Du musst schleunigst weiter zum Haupthaus. Dorthin, wo sich der Schaltraum befindet, in dem du die Generatoren in Gang setzen musst. Plötzlich gleitet der Suchscheinwerfer eines Einsatzwagens über das Gelände. Das Gefährt steht vorne vor dem Haupttor des Solarkraftwerks.

„Mist, den Haupteingang kannst du total vergessen“, sagt Tec. „Sind zu viele Leute am Tor.“

„Sicherlich gibt es einen anderen Weg ins Gebäude“, flüsterst du und wartest, bis der Scheinwerferkegel weit genug von dir entfernt ist. Dann sprintest du im Schutz der Finsternis los. Wie gut, dass der Strom ausgefallen ist und du eine Nachtsichtbrille trägst. So kannst du dir bequem einen anderen Weg suchen, um ins Haupthaus zu gelangen. Wenn bloß die nervigen Hubschrauber nicht wären. Denn nun saust auch noch das Licht eines Suchscheinwerfers über dich hinweg. Sofort gehst du in Deckung.

Lies weiter bei **19**

78

Du hakst die Brechstange hinter das klemmende Zahnrad und stemmst dich mit all deiner Kraft dagegen. Ständig musst du pausieren, weil blaue Robospider Nachschub in der Schrottpresse abladen. Da endlich beginnt sich das Zahnrad langsam mit ohrenbetäubendem Lärm zu bewegen. Es quietscht, knarrt und scheppert unüberhörbar. Schwarzer Qualm steigt in die Luft. Die Presse ächzt und rumpelt. Dann steht sie still. Die Lichter erlöschen. Es stinkt fürchterlich. Sämtliche Kabel sind durchgeschmort.

„Sie ist kaputt“, meldest du deinen beiden Freunden. „Ich glaub es einfach nicht. Ich hab gerade die Schrottpresse zerstört.“

„Hm, ist nicht so schlimm. Vergiss sie“, sagt Tec. „Dir bleibt ja noch der Kran.“

Wütend wirfst du die Brechstange in den Schlamm und machst dich auf den Weg. Hoffentlich hat keiner der Robospider Verdacht geschöpft.

Lies weiter bei 47

79

Du willst jetzt sofort wissen, wer sich vor dir versteckt. Vorsichtig schleichst du dich an. Behutsam setzt du einen Fuß vor den nächsten.

Dann horchst du. Aber da ist nichts. Also weiter. Auf einmal knirscht ein Glassplitter unter deiner Schuhsohle. „Nein“, schreist du in Gedanken auf und verziehst das Gesicht zu einer wütenden Grimasse. Hast du dich jetzt verraten?

Blätter die Buchecken wie bei einem Daumenkino durch und stoppe an einer beliebigen Stelle. Die Augenzahl entscheidet, bei welchem Textabschnitt das Abenteuer weitergeht.

Augenzahl 1, 2 oder 3.
Lies weiter bei **82**

Augenzahl 4, 5 oder 6.
Lies weiter bei **51**

80

Der Raum ist riesig. Beinahe so groß wie die Turnhalle an eurer Schule. Zahllose Container stehen wie Perlen einer Kette nebeneinander aufgereiht auf Gleisen. „Deshalb sind die Höhlengänge so hoch“, flüsterst du.

Plötzlich ertönt ein ohrenbetäubender Lärm. Eine Klappe in der Wand öffnet sich quietschend. Ein Container rollt durch und verschwindet in der Dunkelheit.

Auch Tec ist neugierig. „Guck mal rein!“

Du hangelst dich an einem der Container hoch und siehst hinein. Ordentlich aufeinandergestapelt lagern darin abmontierte *Solarmodule* aus dem Solarkraftwerk. In einem anderen Container liegen haufenweise Beine für Robospider unterschiedlicher Größe. Doch der Anblick des Inhalts vom nächsten Container verschlägt dir komplett die Sprache. Es gibt nicht nur Ersatzbeine für blaue, rote und schwarze Spinnenroboter, sondern auch noch sehr winzige und was furchterregender ist – überaus große Roboterbeine. Die sind mindestens zehnmal größer, als die Beine der großen schwarzen Robospider.

„H-h-heißt das …“, stottert Silent. „… die Spinnenroboter haben sich da unten eine Fabrik angelegt?“

Du nickst. „Scheint wohl so. Das hier sieht aus wie ein Ersatzteillager.“

Sieh in deinen Pocket-PC!

Wenn in deinem Pocket-PC eine Zahl mit dem Kürzel „RS“ gespeichert ist, lies weiter bei der Zahl, die hinter dem Buchstabenkürzel „RS“ steht.

Wenn in deinem Pocket-PC keine Zahl mit dem Kürzel „RS“ gespeichert ist, dann lies weiter bei 22

81

„Verschwinde“, zischst du das Nagetier an und schüttelst es vom Fuß. Fiepend rennt die Ratte davon. Im selben Moment hörst du den Robospider weglaufen. Vorsichtig lugst du hinter der Säule hervor. Der Spinnenroboter prescht dem pelzigen Nager hinterher. Nach einer wilden Verfolgungsjagd gibt der Robospider schließlich auf und lässt das Tier ziehen. Gemächlich kehrt er zu seinem Posten nahe den blauen Arbeiter-Spinnenrobotern zurück.

„Schwein gehabt“, schnauft Tec erleichtert.

„Kann man wohl sagen“, stimmst du ihm zu. Doch wirklich geschafft hast du es erst, wenn du die letzte Säule hinter dir gelassen hast. Doch gerade, als du zum Schacht laufen willst, entdeckst du im Halbdunkel eine Tür. „Filteranlage, Zutritt streng verboten!“, steht auf einem Schild.

Du schleichst zur Tür der Filteranlage.
Lies weiter bei **18**

Du interessierst dich nicht für die Tür. Du willst raus und schleichst weiter zum Einstiegsschacht.
Lies weiter bei **16**

82

Seltsam. Nichts rührt sich. Die dunkle Gestalt harrt gnadenlos in ihrem Versteck aus. Du pirschst dich mutig weiter ran. Noch einen Schritt. Gleich kannst du was erkennen. Wie in Zeitlupe beugst du dich vor. Mit einem Mal springt etwas Schwarzes auf dich zu. Sofort reißt du schützend die Arme vors Gesicht. Du stolperst zurück und kannst dich gerade noch an einem Schreibtisch festhalten, um nicht rücklings zu stürzen. Mit einem großen Sprung hechtet das Wesen an dir vorbei und flüchtet mit ängstlichem „Miau“ hinaus auf den Flur.

„Was war das?“, ruft Tec besorgt.

„Eine ... eine Katze“, stammelst du vor Schreck erstarrt. Schließlich entspannst du wieder und bist heilfroh, dass es bloß ein harmloses Haustier war.

Lies weiter bei 5

83

Du stürmst in die Wellblechhütte, kickst Unrat zur Seite und hältst Ausschau nach einem geeigneten Versteck. Leicht ist es nicht. Flutlicht leuchtet von draußen durch das zerschlagene Seitenfenster. Schließlich verkriechst du dich hinter einem Haufen aufgestapelter verrotteter Polster. Still hockst du da und horchst. Warum kommen sie nicht rein und suchen nach dir? Neugierig wagst du dich bis vor die Tür um rauszusehen. Sie sind tatsächlich weg. Sieht aus, als hätten sie aufgegeben.

Plötzlich hörst du hinter dir ein leises Klackern. Ängstlich fährst du herum. Roboterbeine tasten sich durch das Seitenfenster. Doch es ist nicht nur ein einziger Robospider. Eine ganze Meute ist auf der Suche nach dir. Die dunkle Silhouette deines Körpers in der Tür muss dich verraten haben. Denn auf einmal stürzen die schwarzen Monster auf dich los und es werden immer mehr. Hastig drückst du den Stopper. Doch nicht alle erwischt dein *Infrarot*strahl. Du stürzt aus der Hütte und läufst um dein Leben.

Blätter die Buchecken wie bei einem Daumenkino durch und stoppe an einer beliebigen Stelle. Die Augenzahl entscheidet, bei welchem Textabschnitt das Abenteuer weitergeht.

Augenzahl 1, 2 oder 4.
Lies weiter bei 6

Augenzahl 3, 5 oder 6.
Lies weiter bei 20

84

Das Tor ist mit einem Vorhängeschloss gesichert. Vorsichtig wirfst du einen Blick durch den Spalt. Auf dem Gelände wimmelt es von blauen Arbeiter-Spinnenrobotern. Wo aber stecken die roten Wächter-Spinnenroboter? Schnell ziehst du dein Allzweck-Taschenmesser aus deiner Hosentasche. Eine Minute nur, dann ist das Vorhängeschloss mit dem Laser geknackt. Vorsichtig zwängst du dich hindurch. Drinnen versteckst du dich hinter einem hohen Schrottstapel. Blaue Robospider, so weit das Auge reicht. Eine düstere Atmosphäre herrscht auf dem Gelände. Es stinkt nach Öl und Rost. Links neben dem Tor entdeckst du eine Wellblechhütte. Die Tür steht offen.

Du schleichst zur Wellblechhütte.
Lies weiter bei 40

Du schleichst geradeaus weiter.
Lies weiter bei 45

85

Welcher Schraubenschlüssel passt haargenau zur Mutter am Gewinde des Zahnrads?

Die Zahl über dem passenden Schraubenschlüssel führt dich zum nächsten Textabschnitt.

Wenn es nach dir ginge, würden alle Schraubenschlüssel passen. Du brauchst dringend Hilfe.
Lies weiter bei **76**

86

Wie ein lebendiges Denkmal stehst du da. Da streicht etwas über deine Haare. Vorsichtig linst du nach oben. Ein roter Robospider hängt über dir an der Säule. Er fuchtelt mit seinem *Skalpell*, das an einer der beiden vorderen Beißzangen hängt, gefährlich nah an deinem Kopf herum. In letzter Sekunde springst du zur Seite weg. Der Robospider löst sich von der Säule und springt zu Boden. Die Ratte kreischt auf und flüchtet ins Dunkle.

Doch der Spinnenroboter interessiert sich nicht für das Nagetier. Er baut sich angriffslustig vor dir auf. Ängstlich starrst du das *Skalpell* an, das er drohend auf dich richtet. Zuckend wagt sich der

Spinnenroboter näher. Deine Chancen, den Einstiegsschacht zu erreichen, sind auf null gesunken. Du kannst dem Robospider nicht entkommen. Oder doch? Im Halbdunkel entdeckst du eine Tür. Vor lauter Aufregung hast du sie übersehen. „Filteranlage“ steht auf einem Schild. „Zutritt streng verboten!“

Du versuchst, dich durch die Tür zur Filteranlage zu retten.
Lies weiter bei 72

Du versuchst, weiter den Einstiegsschacht zu erreichen.
Lies weiter bei 77

87

Mit einem leisen Klick springt die Labortür auf.

„Bingo!“ Tec freut sich.

Es ist dir tatsächlich gelungen, das Zahlenschloss kurzzuschließen. Eilig schlüpfst du durch und schließt die Tür hinter dir. Erleichtert lehnst du dich mit dem Rücken dagegen. „Hab’s geschafft. Bin drinnen.“

164

Im Labor leuchtet eine grelle Neonlampe über dem Werktisch in der Mitte des Raumes. Neben der Tür hängt eine Robospider-Modellzeichnung. Über dir rauscht ein Deckenventilator. Überall liegen Roboterteile: auf dem Fußboden, in den Regalen und auf der Fensterbank. Die meisten davon sind zerbrochen oder verbogen. Fallen gelassenes Werkzeug, umgestoßene Kaffeebecher – hier herrscht das absolute Chaos. Zwei Computer stehen ausgeschlachtet auf dem Werktisch. Beide Flachbildschirme starren dich an wie leere Augenhöhlen. Einige Geräte haben die Robospider jedoch unberührt gelassen. *LED*-Lämpchen blinken noch, Kontrollsignale piepsen leise vor sich hin.

„Unheimlich. Wie das hier aussieht“, flüsterst du. „Wahrscheinlich hat sich niemand mehr reingetraut, nachdem die Studenten entkommen konnten.“

Also willst auch du keine Zeit verlieren. Du schiebst mit dem Fuß Unrat zur Seite und bahnst dir einen Weg zu den beiden PCs. Ein kurzer Blick in die fast leeren Gehäuse genügt dir. „Die Festplatten sind raus. Und jetzt?“

„Wieso? Da ist doch was“, widerspricht Tec dir auf einmal. Im Inneren des zweiten Computers entdeckst du einen völlig unberührten durchsichtigen Kunststoffbeutel, gefüllt mit einem grün schimmernden Gel. „Was ist das?"

Tec ist hellauf begeistert. „Das ist ein *Biospeicher.* Hightech vom Feinsten."

Silent ergänzt: „Wahrscheinlich konnten die Robospider nichts damit anfangen."

„Los, bring ihn mit. Ich schließ ihn schon irgendwie an mein Notebook an."

Du ziehst das Gel-Päckchen behutsam aus dem Gehäuse. Sachte bettest du es in die Brotdose und verstaust die wertvolle Fracht im Rucksack. Plötzlich vereist du in deiner Bewegung. Du hast ein seltsames Kratzen gehört. Aufmerksam lauschst du. Aber nur der Deckenventilator rauscht leise vor sich hin. Trotzdem traust du dem Frieden nicht und beschließt, dich aus dem Staub zu machen. Du hast, was du wolltest. Auf dem Weg zur Tür streift dein Blick ein Regal an der Wand. Darin liegen neben Elektrokabeln und Computerplatinen viele völlig unbeschädigte Robospider-Ersatzbeine. „He, Tec! Siehst du das? Ersatzteile. Spinnenroboter-Beine so weit das Auge reicht."

„Super. Es reicht aber, wenn du mir nur so viele mitbringst, wie wir für unseren Robospider brauchen."

Du siehst dir die Modellzeichnung an, zählst die Anzahl der Roboter-Beine und flüsterst: „Sind genau acht Stück." Du greifst nach den ersten beiden Ersatzbeinen, da hält Tec dich plötzlich zurück. „Nicht so schnell. Das sind nicht alles die gleichen Robospider-Beine."

Lies weiter bei 9

88

„Silent, ich verrechne mich ständig", sagst du völlig entnervt.

Silent überlegt einen Moment. Dann hat sie die Lösung: „Ist doch ganz einfach. Du musst nur die Regeln für die vier Grundrechenarten beachten, dann hast du das Ergebnis."

„Meinst du die Punkt-vor-Strich-Rechnung?"

Silent schweigt.

Du strahlst. „Danke!"

Lies weiter bei 43

89

„Leider kann ich die winzigen Symbole durch die Minikamera nicht so genau erkennen. Aber in solchen Fällen helfe ich mir, indem ich zunächst die erste Sicherung nehme und prüfe, ob es für sie eine Halterung gibt. Wenn nein, dann nehme ich die nächste und so weiter. Aber warte mal. So wie es aussieht, passt eh nur eine der Sicherungen hinein. Für die restlichen gibt es keine passenden Halterungen."

„Okay! Das hilft mir schon weiter. Danke!"

„Gern geschehen!"

Lies weiter bei 54

90

Trotz deiner Angst vor dem schwarzen Spinnenroboter kannst du dich beherrschen und bleibst stocksteif stehen, während er aufgeregt um deine Füße herumwieselt. Obwohl er dich ständig mit seinen acht metallenen Krabbelbeinen berührt, entdeckt er dich nicht.

„Siehst du. Er sieht dich nicht“, erklärt Silent.

„Und warum ist er dann auf mich losgegangen?“, presst du zwischen den Lippen hervor.

„Weißt du das etwa nicht mehr?“, fragt sie erstaunt. „Robospider können nur zwischen hell und dunkel unterscheiden.“

Mit zugekniffenen Augen stehst du da und hoffst auf ein schnelles Ende dieses Albtraums. Denn mit jeder weiteren Berührung des schwarzen Spinnenroboters krampft sich dein Körper nur noch mehr zusammen. Verschwinde endlich, wünschst du dir inständig.

Als könnte der Robospider deine Gedanken lesen, hält er plötzlich inne und krabbelt genauso schnell davon, wie er auf dich losgegangen ist. Angewidert starrst du ihm nach und reibst über deine Waden, um das seltsame Kribbeln darin loszuwerden.

„Weiter“, reißt Tec dich aus deiner Erstarrung.

„Ja“, krächzt du und schleichst hinter die Wellblechhütte zum Pfahl mit dem rostigen Kasten.

Lies weiter bei ***77***

91

„Wieso?“ Tec wird plötzlich hellhörig. „Du hast doch einem von diesen blauen Robospidern deinen Peilsender in den Bauch gepflanzt.“ Er rutscht samt Stuhl vor sein Notebook und tippt ein paar Tasten. Auf dem Monitor erscheint eine Karte von Berlin und dann blinkt ein Punkt auf, abseits von Straßen und Häuserschluchten.

Tec grinst. „Ihr werdet es nicht glauben, aber wir haben ihr Versteck gefunden.“

„Zeig!“ Du springst auf und willst dich selbst überzeugen. „Ein Schrottplatz?“, fragst du erstaunt.

Silent zieht eine Augenbraue hoch. „Da also schleppen die Robospider ihre Beute hin.“ Sie legt eine Hand auf deine Schulter. „Saubere Arbeit.“

Lies weiter bei 35

Notiere dir im Pocket-PC alles, was später im Abenteuer wichtig für dich sein könnte: Passwörter, Buchstaben-Zahlen-Kombinationen und Symbole.

ABWASSER-PLAN

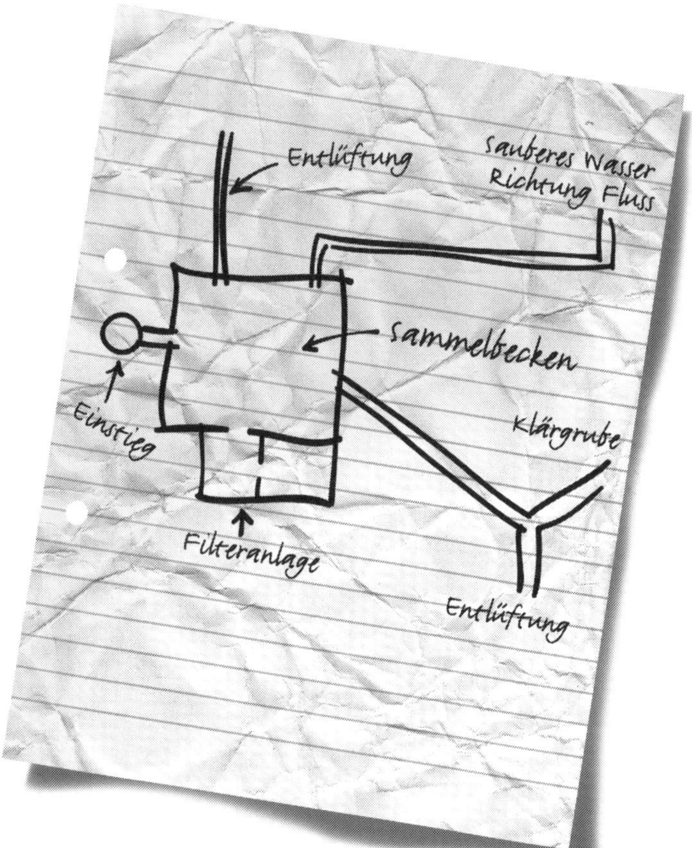

SCHROTTPLATZ-PLAN

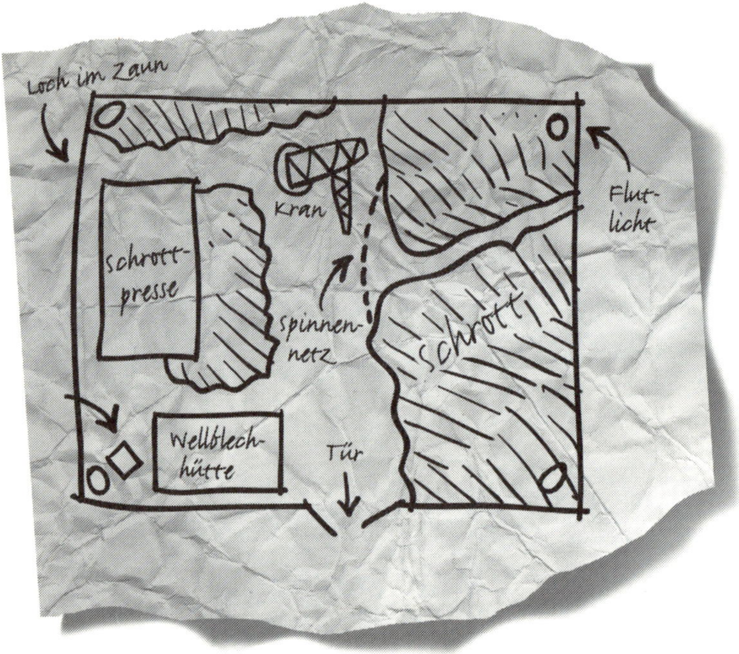

Biospeicher

Der Biospeicher kann wie ein normaler Computerspeicher Texte, Zahlen, Bilder, Filme, Musik etc. aufbewahren und besteht hauptsächlich aus einem lebendigen Bakterium mit dem lateinischen Namen „Deinococcus radiodurans“. Einer speziellen Bakterienart, die extrem widerstandsfähig gegen radioaktive Strahlen ist und sogar Atomkriege überstehen kann. Aus diesem Grund hatten Forscher die Idee, diese Bakterien als Datenspeicher zu nutzen. Zur Probe pflanzten sie den Text eines Liedes in die Zellen der Bakterie ein. Nach mehreren Hundert Zellteilungen blieb der in den Mikroorganismen gespeicherte Liedtext unverfälscht erhalten.

In der Zukunft werden diese Bakterien zusammen mit einer nahrhaften gallertartigen Substanz in einem durchsichtigen reißfesten Plastikbeutel aufbewahrt und mit dem Computer verbunden.

Bundespolizei

Die Bundespolizei (kurz „BPOL“ genannt) ist eine Polizei der Bundesrepublik Deutschland. Bis einschließlich Juni 2005 trug sie die Bezeichnung

„Bundesgrenzschutz“, weil sie für den Schutz an der innerdeutschen Landesgrenze zuständig war. Heute übernimmt die BPOL neben dem Grenzschutz weitere Aufgaben. Die GSG9 der BPOL wird in besonders gefährlichen Situationen eingesetzt und der Flugdienst bei Großeinsätzen zur Hilfe bei Unglücks- und Katastrophenfällen.

Headset
Ein Headset ist eine Kombination aus Kopfhörer und Mikrofon und wird wie ein Hörgerät hinter das Ohr geklemmt.

Am Kopfhörer ist zugleich ein Mikrofon befestigt, das ein Stück über die Wange in Richtung Mund weist. Headsets haben sich im Umgang mit Computern oder zum Telefonieren als praktisch erwiesen. So bleiben die Hände beim Sprechen frei, während man ein Auto steuert oder mit beiden Händen auf der Tastatur tippt. Headsets, die der LAN-Clan benutzt, sind zusätzlich mit Minikameras ausgestattet.

Infrarot/Infrarotlicht
Das Licht besteht aus sichtbaren und unsichtbaren Strahlen.

Die sichtbaren Strahlen sind rot, orange, gelb,

grün, blau und violett. Zu den unsichtbaren Strahlen gehören z.B. radioaktive Strahlen, Röntgenstrahlen, Mikrowellen usw.

Die Strahlen zwischen den sichtbaren und den unsichtbaren werden Infrarotstrahlen oder Infrarotlicht genannt.

Kollhoff-Tower

Der Kollhoff-Tower ist ein einhundertdrei Meter hohes Gebäude (fünfundzwanzig Etagen) auf dem Potsdamer Platz mit dem schnellsten Fahrstuhl Europas (Geschwindigkeit: bis zu 8,5 Meter pro Sekunde). Das Hochhaus wurde 1999 fertiggestellt und nach seinem Architekten Hans Kollhoff benannt.

LED

auch „Leuchtdiode“ genannt, ist die Abkürzung für Licht emittierende Diode. Eine Diode ist ein elektronisches Bauteil. Eine Leuchtdiode sieht beinahe so aus wie eine winzige Glühlampe. „Emittieren“ bedeutet „ausgeben“. Fließt also Strom durch die Diode, kann sie abhängig von dem Material, aus dem sie gefertigt wurde, unterschiedlich farbiges Licht ausgeben.

Skalpell
Ein sehr scharfes Messer, das Chirurgen bei Operationen verwenden um menschliches Gewebe zu schneiden (Haut, innere Organe usw.).

Solarmodul
Auf einem Solarmodul sind viele kleine Solarzellen zusammengefasst. Solarzellen wandeln Licht (Sonnenlicht) in elektrische Energie (Strom) um.

TeamSpeak
TeamSpeak ist eine Sprechverbindung, über die sich unterschiedlich viele Teilnehmer (meist über das Internet) miteinander unterhalten können, ohne sich dabei zu sehen. TeamSpeak wird meist in Zusammenhang mit einem *Headset* genutzt.

LAN-CLAN IM INTERNET

Willst du mehr über den LAN-Clan wissen, über eure Missionen, über Silent und Tec? Dann sieh auf der LAN-Clan-Internetseite nach.

Unter www.lan-clan.eu erfährst du alles über die bisherigen geheimen Aufträge. Und wenn du in diesem LAN-Clan-Abenteuer einen Code entdeckt hast, der mit dem Buchstabenkürzel „LC“ beginnt, gib ihn auf der LAN-Clan-Internetseite ein. Dann kannst du ein weiteres kurzes Abenteuer mit Silent, Tec und den Robospidern online erleben.

Frank Stieper wurde 1961 in Lübeck geboren. Er schrieb zunächst Computer-Fachbücher und gründete dann seine eigene Softwarefirma. Für seine Hightech-Romane wurde er mehrfach ausgezeichnet. Frank Stieper lebt mit seiner Frau und seinen beiden Söhnen in Schneverdingen in der Lüneburger Heide.

Michael Pleesz wurde 1964 in Wien geboren und schon mit dreizehn Jahren an der Grafischen Bundes-Lehr- und Versuchsanstalt angenommen. Seit 1987 arbeitet er als freier Illustrator. Auch er wurde für seine Arbeiten bereits mehrfach ausgezeichnet. Michael Pleesz lebt in Wien.

LESEPROBE

18. August 2017, 14:04 Uhr, ANKUNFT IM ZIELGEBIET

Gerade gießt du heißes Wasser in einen mit Kakaopulver gefüllten Becher, da kommt Tec zur Kajüte heruntergelaufen, bleibt in der Tür stehen und ruft: „Kommt schnell, das müsst ihr euch ansehen!“ Dann macht er kehrt und läuft wieder hoch auf das Deck eures *gecharterten* Segelbootes. Silent folgt ihm. Du stellst den Wasserkocher ab und läufst hinterher.

Oben angekommen, bleibst du wie versteinert stehen und folgst den Blicken deiner beiden LAN-Clan-Freunde, die starr auf eine dichte Nebelwand gerichtet sind, nur wenige *Seemeilen* von euch entfernt.

„Wow“, sagst du. „Sieht gruselig aus.“

„Echt gespenstisch“, stimmt Tec dir zu. Dann fragt er: „Und, fällt euch was auf?“

Du siehst dich um und lauschst. Schließlich flüsterst du: „Es ist kein Geräusch zu hören.“

Silent zeigt hoch zum Segel und fügt hinzu: „Und es ist windstill geworden."

„Richtig", bestätigt Tec und kraust die Stirn. „Es war seltsam. Plötzlich herrschte *Flaute*. Und nachdem ich kurz hoch zum Segel gesehen hab, war da auf einmal die Nebelwand und diese eigenartige Stille. Seht mal her!" Tec geht zum Ruder und zeigt einen rot markierten Bereich auf der Seekarte. Dann deutet er auf das *Display* des *Navigationsgerätes*. „Laut Koordinaten haben wir unser Ziel fast erreicht. Irgendwo da vorn schwimmt die EXPLORER, das herrenlose Forschungsschiff des EU-Wissenschaftsministeriums."

Silent betrachtet nachdenklich die Koordinaten auf dem *Display* und vergleicht sie mit den Daten auf der Seekarte. Dann sieht sie hoch zum Nebel und erklärt: „Wenn ich mich nicht täusche, beginnt der Nebel genau dort, wo keine Killeralgen auf dem Meeresboden wachsen."

„Tatsächlich?", hakt Tec erstaunt nach.

Silent nickt stumm. Du dagegen musst schlucken. Silent bemerkt es. Deshalb sagt sie mit überzeugter Stimme: „Also, ich glaube nicht an Übernatürliches. Dahinter steckt immer eine natürliche Ursache. Sagt zumindest mein Physiklehrer. Lasst uns also unseren Kakao schlürfen und einen Plan schmieden. Ich kann es kaum erwarten, das Geheimnis zu lüften. Kommt!“ Silent marschiert los. Gemeinsam mit Tec verschwindet sie im Bauch des Segelbootes.

Du siehst dich noch einmal zu der unheimlich wirkenden Nebelwand um, dann folgst du deinen LAN-Clan-Freunden hinunter in die Kajüte.

Die beiden sitzen vor Silents Notebook. Du setzt dich dazu. Während Tec mit seinem Löffel im heißen Kakao rührt, zeigt Silent auf ein rot markiertes Gebiet. „Das ist unser Ziel“, erklärt sie. „Es liegt tatsächlich genau in dem Gebiet, das vom dichten Nebel verschleiert wird.“ Silent fährt vorsichtig mit ihrem Zeigefinger über das berührungsempfindliche *Display*. Die Ansicht wechselt und da, wo eben noch Muscheln, Korallen, Meerespflanzen und Steine den Boden bedeckten, begräbt ein bläulich schimmernder Algenteppich den Grund des Mittelmeeres. Angewidert ziehst du die Stirn in Falten. „Das sieht voll eklig aus.“

Lachend klopft dir Tec auf die Schulter und sagt: „Stell dir mal vor, in Japan sind Algen eine Delikatesse.“

„Aber nicht die hier“, widerspricht Silent. „Das sind Killeralgen. Die sind sehr giftig.“

„Auch für den Menschen?“, willst du wissen.

„Ja, bei der kleinsten Berührung verbrennt man sich die Haut. Selbst Fische vergiften sich an ihnen und gehen zugrunde. Genau wie Pflanzen, Muscheln und Korallen, die die Killeralgen auf dem Meeresboden unter sich begraben. Deshalb hat sich eine Gruppe internationaler Meeresbiologen auf die Reise gemacht, um die Alge zu studieren und eine Methode zu entwickeln, sie unschädlich zu machen. Alle bisherigen Maßnahmen blieben erfolglos. Rein zufällig sind die Wissenschaftler ausgerechnet hier mit der EXPLORER vor Anker gegangen und haben entdeckt, dass sich die Killeralge in einem Umkreis von fast einhundert Kilometern nicht ausgebreitet hat."

Silent zeigt in Richtung *Bug*. „Genau da vorn, inmitten der dichten Nebelbank gibt es etwas, um das die Algen förmlich einen großen Bogen gemacht haben."

Tec, der seinen Kopf auf einem Arm abstützt, sieht zu Silent hoch und sagt: „Sorry, aber ich finde das Ganze nicht natürlich."

Stumm nickt Silent und grinst. „Warts ab, es kommt noch besser. Als die EXPLORER nach der Ursache dieses Phänomens geforscht hat, lieferten die empfindlichen Messgeräte völlig sinnlose Ergebnisse. Sogar die *Navigationsgeräte* spielten verrückt. Schlimmer noch: Als die Biologen das Gebiet verlassen wollten, um es aus sicherer Entfernung zu untersuchen, streikte das Schiff. Der Schiffsmotor war zwar völlig in Ordnung, aber die EXPLORER bewegte sich keinen Millimeter von der Stelle."

Nachdenklich starrst du auf das *Display* des Notebooks. „Wie ist das möglich?", fragst du. „Ich meine, dass so ein starker Motor auf einmal nicht mehr in der Lage ist, ein Schiff vorwärtszubewegen?"

„Das kann ich mir auch nicht erklären. Ein Grund mehr, es herauszufinden", sagt Tec entschlossen.

„Und was ist mit der Crew? Ist sie noch an Bord der EXPLORER?", fragst du Silent.

Sie schüttelt den Kopf. „Die Crewmitglieder haben sich mit Rettungsinseln aus dem Staub gemacht und außerhalb des seltsamen Gebietes dann über Funk um Hilfe gerufen."

„Aha!" Du nickst. „Und müssen wir Proben von der Killeralge nehmen?"

„Nein", antwortet sie.

„Ein Glück", erwiderst du aufatmend und richtest deinen Blick wieder auf den Bildschirm.

„Mit der Killeralge", fährt Silent fort, „müssen

wir uns nicht weiter beschäftigen. Unser Auftrag lautet, die EXPLORER zu bergen."

Silent steuert erneut die dreidimensionale Ansicht mit ihrem Zeigefinger. Nun zeigt der Unterwasseratlas das Mittelmeer von oben. Silent visiert ein Schiff an und zoomt es ganz nah heran.

„Voilà!" Sie schnippt mit den Fingern. „Da liegt sie, die EXPLORER."

Du kratzt dich am Hinterkopf. „Puh! Ist ziemlich weit bis zum Schiff, von unserer jetzigen Position aus. Meinst du, wir finden es im Nebel da draußen? Ich schätze, dass man dort nicht mal die eigene Hand vor Augen sehen kann. Das *Navi* scheidet aus. Funktioniert dort eh nicht."

Silent steht auf, stellt ihren leeren Becher in der winzigen Spüle ab und setzt sich auf die Tischkante. Dann legt sie eine Hand auf deine Schulter und sagt: „Ich schlage vor, dass nur wir zwei zur EXPLORER fahren. Während der letzten Sommerferien habe ich tauchen gelernt. Vielleicht ist mir das bei dieser Mission nützlich. Und du, Tec, solltest hier an Bord des Segelbootes bleiben."

„Okay!", entgegnet Tec und lehnt sich zurück.

„Kannst du unser *TeamSpeak*-Signal so verstärken, dass wir ungestört über unsere *Headsets* in Verbindung bleiben können?"

Tec verschränkt die Arme vor der Brust und antwortet: „Theoretisch ja. Wir sollten es aber auf jeden Fall vorher ausprobieren."

„Ist es möglich, unsere *Headsets* zu orten? Falls uns etwas zustößt."

„Wenn der Funkkontakt stabil bleibt, ja!"

Silent ist sichtlich zufrieden. „Das ist gut", sagt sie. „Dann kannst du uns von hier aus zur EXPLORER lotsen. Wir werden das Rettungsboot nehmen. Es besitzt weder einen Motor noch empfindliche Elektronik. Da kann nichts versagen."

Empört siehst du Silent an. „Du meinst, wir beide rudern die weite Strecke?"

Silent bejaht deine Frage mit einem dezenten Kopfnicken.

„Oh, nein", protestierst du. „Dann sind wir ja völlig erschöpft und vollgeschwitzt, wenn wir die EXPLORER erreichen."

Lächelnd schließt Silent ihr Notebook. „In den Mannschaftskabinen der EXPLORER gibt es sicher Duschen."

„Na, dann", raunst du und stehst auf. Auch Tec erhebt sich und sagt im Hinausgehen: „Bis gleich! Ich kümmere mich um die *Headsets*."

Du verlässt ebenfalls die Kajüte, um dich auf die bevorstehende Mission vorzubereiten.

18. August 2017, 14:57 Uhr,
AUFBRUCH ZUR EXPLORER

Kurze Zeit später erscheinst du mit geschultertem Rucksack auf dem Deck eures Segelbootes. Neben einer Nachtsichtbrille hast du dein wertvolles Allzweck-Taschenmesser mit Laserstrahl und deinen Pocket-PC im Gepäck. Tec musste ihn abschirmen, damit er im Einsatzgebiet funktioniert.

Silent steht schon an der *Reling*. Tec macht sich indessen mit der Mechanik zum Herablassen des Rettungsbootes vertraut.

Missmutig betrachtest du die düstere Nebelwand, durch die Silent und du in wenigen Minuten hindurchrudern müsst. Du siehst hoch zum Segel. Die Sonne am wolkenlosen Himmel blendet dich. Du leckst deinen Zeigefinger an und hältst ihn hoch. Immer noch ist es seltsam windstill. Du stellst dich neben Silent und fragst: „Und was machen wir, wenn *TeamSpeak* versagt?“

„Keine Ahnung“, antwortet sie. „Wir müssen einfach davon ausgehen, dass das nicht passiert.“

Hinter euch ertönt lautes Kettenrasseln. Ihr dreht euch um. Tec nimmt gerade die Plane vom Rettungsboot und ruft: „Es kann losgehen!“

Während du mit Silent ins Rettungsboot steigst, reicht Tec euch die *Headsets* und erklärt: „Hab sie mit *Verstärkermodulen* ausgestattet. War nicht einfach, sie in die winzigen Gehäuse zu quetschen, aber es hat funktioniert. Drückt die Daumen, dass es keine Funkstörung gibt." Dann gibt Tec dir einen Kompass. „Fahrt exakt in Richtung Nordwest, bis ihr den Nebel erreicht habt. Von da an wird die Kompassnadel mit Sicherheit die falsche Richtung anzeigen. Dann lotse ich euch von hier aus weiter."

Du nickst und erwiderst: „Verstehe!"

Silent und du nehmt im Rettungsboot Platz. Du verstaust deinen Rucksack zum Schutz vor Nässe in einer Kiste am *Heck* des Bootes.

Tec dreht an einer Kurbel. Unter dem lauten Rasseln der Ketten, die an einem Flaschenzug hängen, gleitet das Boot sanft zu Wasser. Silent kettet das Boot ab und winkt hoch zu Tec.

Du betrachtest den Kompass und streckst den Arm in Richtung Nordwesten aus. „Da lang."

Mit vereinten Kräften rudert ihr los. Du bist erstaunt, dass sich das Boot zu zweit mühelos vorwärtsbewegen lässt.

Einen Moment lang konzentrierst du dich auf Silents Ruderschläge, bis du mit ihr einen gemeinsamen Rhythmus gefunden hast. Dabei vergisst du sogar das fürchterliche Magenkribbeln. Doch es ist schnell wieder da, als ihr in das dichte Grau hineingleitet und sich die Kompassnadel plötzlich wie wild im Kreis dreht. Du spürst deinen Herzschlag ganz deutlich. Dein Blick ist starr nach vorn gerichtet, obwohl du kaum mehr als zwei Armlängen weit sehen kannst.

Nach einigen Ruderschlägen drehst du dich um. Von Tec und dem Segelboot ist nichts mehr zu sehen. Du wischst dir den feuchten Nebel aus dem Gesicht, der wie Watte in der Luft hängt.

Eine ganze Weile rudert ihr schweigend durch die eigenartige Stille. Das einzige Geräusch ist das rhythmische Platschen eurer Ruder, wenn ihr sie in die ungewöhnlich glatte See taucht. Es kommt dir vor, als würde die Zeit stillstehen.

„Wie weit ist es noch?“, willst du wissen und schnaufst. „Echt! Ich kann nicht mehr.“

Silent ringt nach Luft. „Ich auch nicht.“

Ihr gönnt euch eine kurze Verschnaufpause.

Da knistert es in der *TeamSpeak*-Leitung. Tec meldet sich. „Haltet durch! Ihr habt die EXPLORER gleich erreicht. Ihr seid jetzt schon fast zwei *Seemeilen* gerudert. Das ist mehr als die Hälfte der Strecke. Sobald ihr euch dem Schiff nähert, sage ich euch Bescheid, damit ihr nicht mit der EXPLORER zusammenstoßt."

Tecs Worte ermutigen euch. Ihr rudert weiter.

„Warte!", flüstert Silent nach wenigen Ruderschlägen. Gebannt sieht sie über den Bootsrand. Neugierig hältst du inne und fragst leise: „Was ist los?" Doch da bemerkst du, dass das Boot leicht schwankt.

Silent versucht, ihre Unsicherheit zu verbergen. Sie schluckt und sagt: „Da ist was."

„Was meinst du damit?" Deine Stimme klingt nervös.

„Ich weiß es nicht. Seltsam, hier sind Wellen. Aber sie stammen nicht von uns", antwortet Silent. „He, da vorne!" Sie deutet mit dem Kinn zum *Bug*.

Jetzt siehst du es auch. Feine Wirbel bilden sich in den Nebelschwaden über dem Wasser.

„Das ist sicher nur der Wind", meldet sich Tec, der das Szenario über die Minikameras in euren *Headsets* verfolgt.

Silent schüttelt den Kopf. „Ausgeschlossen! Aufkommender Wind würde den ganzen Nebel aufwirbeln, nicht nur den an der Wasseroberfläche. Glaubt mir, da ist etwas. Und es kommt direkt auf uns zu. Die Wellen verraten es."

In diesem Moment geht ein Ruck durch das Rettungsboot. Erschrocken klammert ihr euch an das schwankende Holz. Silent versucht, irgendetwas im undurchsichtigen Nebel zu erkennen.

Dir reicht es jetzt. Du greifst nach deinem Ruder und rufst: „Los Silent, lass uns abhauen. Schnell!“

Silent packt dich am Arm. „Wir müssen die Ruhe bewah…“

Plötzlich verstummt sie. Ihr Blick ist an dir vorbei gerichtet. Ihre Augen werden größer, ihre Wangen bleich. Blitzschnell springst du auf und drehst dich um. Etwas sehr Großes bahnt sich seinen Weg durch das dichte Grau. Es steuert geradewegs auf euch zu. Ehe es dir gelingt, dich irgendwo festzuhalten, rammt das gewaltige Ungetüm euer Boot, das sich aufbäumt und sich zu überschlagen droht.

Auszug aus dem
Ravensburger Taschenbuch 52385
„Das U-Boot der 1000 Gefahren“
von Frank Stieper